江戸の残映

綺堂怪奇随筆選

岡本綺堂・著／東　雅夫・編

白澤社

江戸の残映——綺堂怪奇随筆選◎目次

江戸の残映——綺堂怪奇随筆選◎目次

カバー表四画＝山本誉吉編『磯部鉱泉繁昌記』より

磯部の若葉

今日もまた無数の小猫の毛を吹いたような細かい雨が、磯部の若葉を音も無しに湿《ぬ》らしている。家々の湯の烟《けむり》も低く迷っている。疲れた人のような五月の空は、時々に薄く眼をあいて夏らしい光を微《かす》かに洩《もら》すかと思うと、又すぐに睡《ね》むそうにどんよりと暗くなる。雞《にわとり》が勇ましく歌っても、雀がやかましく囀《さえず》っても、上州の空は容易に夢から醒めそうもない。

「どうも困ったお天気でございます。」

人の顔さえ見れば先《ま》ずこういうのが此頃《このごろ》の挨拶《あいさつ》になってしまった。廊下《ろうか》や風呂場で出逢う逗留の客も、三度の膳を運んで来る旅館の女中達も、毎日この同じ挨拶を繰返している。私も無論その一人である。東京から一つの仕事を抱えて来て、ここで毎日原稿紙にペンを走らしている私は、他《ほか》の湯治客ほどに雨の日のつれづれに苦《くるし》まないのであるが、それでも人の口《くち》真似《まね》をして「どうも困ります。」などと云っていた。実際、湯治とか保養とかいう人達は別問題として、上州のここらは今が一年中で最も忙がしい養蚕《ようさん》季節で、成べく湿《ぬ》れた桑の葉をお蚕様《こさま》に食わせたくないと念じている。それを考えると「どうも困ります。」も決して通り一遍の挨拶ではない。ここらの村や町の人達に取っては重大の意味をもっていることになる。土地の人達に出逢った場合には、私も真面目《まじめ》に「どうも困ります。」と云うことにした。

どう考えても、今日も晴れそうもない。傘をさして散歩に出ると、到る処《ところ》の桑畑は青い波のように雨に烟っている。妙義《みょうぎ》の山も西に見えない、赤城榛名《あかぎはるな》も東北に陰《くも》っている。蓑笠《みのかさ》の人が桑を荷《にな》って忙がしそうに通る、馬が桑を重そうに積んでゆく。その桑は莚《むしろ》につつんであるが、柔かそうな青い葉は茹《ゆで》られたようにぐったりと湿《ぬ》れている。私はいよいよ痛切に「どうも困ります。」を感じずにはいられなくなった。そうして、鉛のような雨雲を無限に送り出して来る所謂「上毛《じょうもう》の三名山」なるものを呪《のろ》わしく思うようになった。

磯部には桜が多い。磯部桜と云えば上州の一つの名所になっていて、春は長野や高崎前橋から、見物に来る人が多いと、土地の人は誇っている。なるほど停車場《ていしゃじょう》に着くと直《すぐ》に桜の多いのが誰《たれ》の眼にも入る。路傍にも人家の庭にも、公園にも丘にも、桜の古木が枝をかわして繋っている。磯部の若葉は総て桜若葉であると云っても可い。雪で作ったような白い翅《つばさ》の鳩の群が沢山に飛んで来ると湯の町を一ぱいに掩《おお》っている若葉の光が生きたように青く輝いて来る。護謨《ごむ》ほうずきを吹くような蛙《かわず》の声が四方に起ると、若葉の色が愁うるように青黒く陰《くも》って来る。

晴の使《つかい》として鳩の群が桜の若葉をくぐって飛んで来る日には、例の「どうも困ります。」が暫《しば》らく取払われるのである。その使も今日は見えない。宿の二階から見あげると、妙義道《みょうぎみち》につづく南の高い崖路《がけみち》は薄黒い若葉に埋《うず》められている。

旅館の庭には桜のほかに青梧《あおぎり》と槐《えんじゅ》とを多く栽《う》えてある。痩《や》せた梧《きり》の青い葉はまだ大きい手を拡《ひろ》げないが、古い槐の新しい葉は枝もたわわに伸びて、軽い風にも驚いたように顫《ふる》えている。その他には梅と楓《かえで》と躑躅《つつじ》と、これらが寄集《よりあつま》って夏の色を緑に染めているが、これは幾分の人工を加えたもので、門を一歩出ると自然はこの町の初夏を桜若葉で彩《いろど》ろうとしていることが直《すぐ》に首肯《うなず》かれる。

雨が小歇《おやみ》になると、町の子供や旅館の男が箒《ほうき》と松明《たいまつ》とを持って桜の毛虫を燔《や》いている。この桜若葉を背景にして、自転車が通る。桑を積んだ馬が行く。方々の旅館で畳替《たたみが》えを始める。逗留客が散歩に出る。芸妓《げいしゃ》が湯にゆく。白い鳩が餌《え》をあさる。黒い燕が往来中《おうらいなか》で宙返りを打つ。夜になると、蛙が鳴く。梟《ふくろう》が鳴く。門附《かどづけ》の芸人が来る。碓氷川《うすいがわ》の河鹿《かじか》はまだ鳴かない。

一昨年《おととし》の夏ここへ来た時に下磯部《しもいそべ》の松岸寺《しょうがんじ》へ参詣《さんけい》したが、今年も散歩ながら重ねて行った。

それは「どうも困ります。」の陰った日で、桑畑を吹て来る湿った風は、宿の浴衣《ゆかた》の上にフランネルを襲《かさ》ねた私の肌に冷々《ひやひや》と沁《し》みる夕方であった。

寺は安中路《あんなかみち》を東に切れた所で、ここら一面の桑畑が寺内《じない》まで余ほど侵入しているらしく見えた。しかし由緒ある古刹《こさつ》であることは、立派な本堂と広大な墓地とで容易に証明されていた。この寺は佐々木盛綱《ささきもりつな》と大野九郎兵衛《おおのくろべえ》との墓を所有しているので名高い。佐々木は建久のむかしこの磯部に城を構えて、今も停車場の南に城山の古蹟を残している位であるから、苔の蒼《あお》い墓石《ぼせき》は五輪塔のような形式で殆《ほとん》ど完全に保存されている。これに列《なら》んでその妻の墓もある。その傍《わき》には明治時代に新らしく作られたという大きい石碑もある。

しかし私に取っては大野九郎兵衛の墓の方が注意を惹《ひ》いた。墓は大きい台石《だいいし》の上に高さ五尺ほどの楕円形の石を据《す》えてあって、石の表には慈望遊謙墓《じもうゆうけんはか》、右に寛延〇年と彫ってあるが、磨滅しているので何年か能《よ》く読めない。墓の在所《ありか》は本堂の横手で、大きい杉の古木を背後《うしろ》にして、南に向って立っている。その傍《そば》には又高い桜の木が聳《そび》えていて、枝は恰も墓の上を掩うように大きく差出ている。周囲には沢山の古い墓がある。杉の立木は昼を暗くする程に繁っている。『仮名手本忠臣蔵《かなでほんちゅうしんぐら》』の作者竹田出雲《たけだいずも》に斧九太夫《おのくだゆう》という名を与えられて以来、殆ど人非人《にんぴにん》のモデルであるように洽《あまね》く世間に伝えられている大野九郎兵衛という一個の元禄武士は、ここを永久の住家《すみか》と定めているのである。

一昨年初めて参詣した時には、墓の所在《ありか》が知れないので寺僧に頼んで案内して貰った。彼は品の好い若僧《にゃくそう》で、色々詳しく話して呉れた。その話に拠《よ》ると、その当時この磯部には浅野家所領の飛び地が約三百石ほどあった。その縁故に因《よ》って大野は浅野家滅亡の後《のち》ここに来て身を落付けたらしい。そうして、大野とも云わず、九郎兵衛とも名乗らず、単に遊謙と称する一個の僧となって、小さい草堂《そうどう》を作って朝夕《ちょうせき》に経を読み、傍《かたわ》らには村の子供達を集めて読み書きを指南していた。彼が直筆《じきひつ》の手本というものは今も村に残っている。磯部に於ける彼は決して不人望《ふじんぼう》ではなかった。弟子達にも親切に教えた、色々の慈善をも施した。碓氷川の堤防も自費で修理した。墓碑に寛延の年号が刻んであるのを見ると余ほど長命であったらしい。独身の彼は弟子達の手に因《よ》ってその亡骸《なきがら》をここに葬られた。

「これだけ立派な墓が建てられているのを見ると、村の人にはよほど敬慕されていたんでしょうね。」と、私はいった。

「そうかも知れません。」

僧は彼に同情するような柔かい口吻《くちぶり》であった。たとい不忠者にもせよ、不義者にもあれ、縁あって我が寺内《じない》に骨を埋めたからは、平等の慈悲を加えたいという宗教家の温かい心か、あるいは別に何等かの主張があるのか、若い僧の心持《こころもち》は私には判らなかった。油蟬の暑苦しく鳴いている木の下で、私は厚く礼を云って僧と別れた。僧の痩《や》せた姿は大きな芭蕉の葉のかげへ隠れて行った。

自己の功名の犠牲として、罪のない藤戸《ふじと》の漁民を惨殺した佐々木盛綱は、忠勇なる鎌倉武士の一人《いちにん》として歴史家に讃美されている。復讐の同盟に加わることを避けて、先君の追福と陰徳とに余生を送った大野九郎兵衛は、不忠なる元禄武士の一人として浄瑠璃の作者にまで筆誅《ひっちゅう》されてしまった。私はもう一度彼《か》の僧を呼び止めて、元禄武士に対する彼の詐《いつ》わらざる意見を問い糺《ただ》して見ようかと思ったが、彼の迷惑を察して止《や》めた。

今度行ってみると、佐々木の墓も大野の墓も旧《もと》のままで、大野の墓の花筒《はなづつ》には白い躑躅が生けてあった。かの若い僧が供えたのではあるまいか。私は僧を訪わずに帰ったが、彼の居間らしい所には障子が閉じられて、低い四つ目垣の裾に芍薬《しゃくやく》が紅《あか》く咲いていた。


旅館の門を出て右の小道を這入《はい》ると、丸い石を列《なら》べた七、八級の石段がある。登降《あがりおり》は余り便利でない。それを登り尽した丘の上に、大きい薬師堂は東に向って立っていて、紅白の長い紐を垂れた鰐口《わにぐち》が懸《かか》っている。木連格子《きつれごうし》の前には奉納の絵馬も沢山に懸っている。めの字を書いた額も見える。千社札も貼ってある。右には桜若葉の小高い崖をめぐらしているが、境内《けいだい》は左のみ広くもないので、堂の前の一段低いところにある家々の軒は、すぐ眼の下に連なって見える。私は時々にここへ散歩に行ったが、いつも朝が早いので、参詣らしい人の影を認めたことはなかった。

それでも唯《た》った一度若い娘が拝んでいるのを見たことがある。娘は十七、八らしい、髪は油気の薄い銀杏返《いちょうがえ》しに結って、紺飛白《こんがすり》の単衣《ひとえ》に紅い帯を締めていた。その風体《ふうてい》はこの丘の下にある鉱泉会社のサイダー製造に通っている女工らしく思われた。色は少し黒いが容貌《きりょう》は決して醜《みにく》い方ではなかった。娘は湿《ぬ》れた番傘を小脇に抱えたままで、堂の前に久しく跪《ひざまず》いていた。細かい雨は頭の上の若葉から漏れて、娘のそそけた鬢《びん》に白い雫《しずく》を宿しているのも何だか酷《むご》たらしい姿であった。私は少時《しばらく》立っていたが、娘は容易に動きそうもなかった。

堂と真向いの家はもう起きていた。家の軒下には桑籠が沢山に積まれて、若い女房が蚕棚《かいこだな》の前に襷掛《たすきが》けで働いていた。若い娘は何を祈っているのか知らない。若い人妻は生活に忙がしそうであった。

何処《どこ》かで蛙が鳴き出したかと思うと、雨はさあさあと降って来た。娘はまだ一心に拝んでいた。女房は慌てて軒下の桑籠を片附け始めた。

磯部のやどり

赤穂四十七士の復讐事件が元禄時代の人々をおどろかしてから、約三四十年後の享保の末である。江戸の本所の或る旗本屋敷に五、六人の若侍が寄りあつまった。煤掃《すすはき》はもう二、三日の後という師走《しわす》の十日頃で、今夜の雪を呼び出すような海鼠《なまこ》売りの声が長屋の窓の下を寒そうに呼んで通った。

「今夜は雪かな。」

この座の主人らしい侍が大きい火鉢をかかえ込みながら言った。主人といっても、ようようこの頃に番入りしたばかりの若い男で、それを中心として火鉢を取りまいているのも、みな主人と同じぐらいの年配の、近ごろ初めて番入りをしたか、まだ部屋住みかというような若い人々であった。

「雪かも知れない。」と、主人のとなりに坐っている一人がそれに答えるように言った。「なにしろひどく底冷えがするからな。」

「町人ならば鰒汁《ふぐじる》という日だな。」と、また一人が言った。

「町人でなくても、貴公などは毎々おぼえがありそうだぞ。」と、その隣りにいるのがひやかすように笑いながら言った。

「うまく当てられたらしいぞ。」と、若い主人も笑った。「いや、ひと事でない。上《かみ》は鮟鱇鍋《あんこうなべ》、下っては鰒汁、葱鮪《ねぎま》、みんな覚えのある仲間らしいぞ。はははははは。」

一同も声をそろえて笑った。

「いや、鰒汁などはまだよい。この山本なぞは向う両国のお得意だと聞いているぞ。」

「ももんじいか。それはあまりに上品すぎる。お歴々の御身分にもかかわるぞ。」

みんなに笑われて、山本はすこし勃気《むき》になった。

「いや、駒留橋の定得意《じょうとくい》はわたしの屋敷の中間《ちゅうげん》どもだ。痩せても枯れても殿様といわれる主人公が、いかに悪食《あくじき》でも向う両国まで箸を伸ばす勇気はない。わたしよりもこの舟井は、信州で猿を食ったというぞ。なあ、舟井。」

舟井はそれを否認しなかった。彼は笑いながらうなずいた。

「むむ、少しばかり食ってみた。話の種に食ってみたがどうにも旨くなかった。肉が硬《こわ》くて、なんだか少し渋いようで、あれはいけない。」

「舟井が恐れるようでは思いやられる。」と、主人はまた笑った。「いや、信州といえば、あっちの道中はずいぶん寒かったろうな。江戸とはよほど違うか。」

舟井はなにかの御用道中で、中山道を廻って先月の末に江戸へ帰って来たのであった。かれは主人の問いに対して、顔をしかめながら答えた。

「そりゃ寒い。信州路はもう雪が降っていた。それでも信州は雪国だというので、土地の者も冬を凌《しの》ぐ支度が十分に出来ている。追分、沓掛、軽井沢、どこの宿々の宿屋にもみな炬燵が出来ているから、風呂にはいってすぐに炬燵にはいる。それでまず一日冷え凍ったからだの筋もだんだんゆるむというものだが、上州路へはいるとそうはいかない。信州ほど寒くないのだが、浅間おろし赤城おろし、毎日空《から》っ風がひゅうひゅう吹きまくるには閉口する。宿屋も雪国ほどの支度がしてないから、旅の者にはかえって凌ぎにくい。松井田から安中へ出る道中、あのときは随分困ったよ。」

「そんなに寒かったか。」と、山本も顔をしかめた。「上州に鰒汁や葱鮪はあるまいから、舟井はいよいよ困ったろう。」

「馬鹿をいえ。」と舟井は笑いながら相手を睨んだ。「お上品の我々だから食い物などはどうでもよいのだが、今の空っ風にはひどく悩まされた。空は晴れているのだが、どこからか雪がちらちらと飛んで来る。身を剪《き》られるというのは実にあの寒さだ。あれを思うと、こうして江戸にいるのはありがたい。いくら御用でも道中は懲りごりだ。」

「貴公、その路をあるいたのか。」と、一人が訊いた。

「よんどころなしに歩くような破目になってしまった。」と、舟井は説明した。「それというのがこういうわけだ。知っての通り、今度の道中はわたし一人と中間一人、上下《じょうげ》たった二人の旅だから、御用といっても気楽なものだ。で、前の晩に松井田の宿《しゅく》に泊まって、それから真っ直ぐに原市へかかって安中に出れば、別に仔細はない。高崎あたりで午飯《ひるめし》を食って、すこし足を伸ばせば熊谷までも帰って来られる。その道中記の通りに歩いて来れば間違いはないのだが、松井田へ泊った晩に中間の奴めと詰まらない相談をしたのだ。ここへ二度と来られるかどうだか判らないから、ついでに妙義へ参詣して来ようではないか。早朝にここを出発して妙義に登って、それから磯部へ出て安中に泊まろう。二人はそういうことに相談をきめて、あくる朝はうす暗いうちに松井田を発《た》って、妙義へ登った。松井田の宿の者はおどろいていたよ。なにしろちっと旬《しゅん》はずれだからね。十月以後に登山するものは少ないというのに、われわれの登山は十一月のなかばというのだから少し変わっている。それでも滞りなく登山して、妙義神社に参詣して、それから磯部の村に降りて来たのは、もうかれこれ七ツ半（午後五時）で、冬の日は暮れてしまった。前にもいう通り、昼間から空っ風はひゅうひゅう吹き通しているのだから、からだはもう凍っている。足は疲れる、腹は減る。」

「そういう時なら、猿の肉でも喜んで食ったろうが……。」と、主人は笑った。「まさか信州まで引っ返すわけにもゆくまいし、そこらに野良犬でもいなかったか。」

「冗談じゃない。まったく困った。」と、舟井はまじめになって話しつづけた。「そればかりでなく、中間の奴があんまり冷えたもんだから、持病の疝気《せんき》が起こってもう一と足もあるかれないと言い出した。これにはいよいよ困ったが、まさかに置き去りにして行くわけにもゆかない。よんどころなしに彼を介抱しながら、どうやらこうやら磯部の村まではいったが、そこらには碌々に人家もない。どこへか行って湯でも貰って飲ませてやろうと思って、碓氷《うすい》川《がわ》のふちをとぼとぼ歩いていると、かなりに大きい銀杏の木の下に、一軒の藁葺き屋根がみえた。近よって見ると、なんだか小さい堂のようなものだったが、この場合にむずかしい注文をいってはいられない。わたしは中間の手を引っ張るようにして、その堂の前までゆき着いた。これからが話だ、聞いてくれ。」

わたしは外から二、三度声をかけると、十二三の男の児が二人出て来て、お師匠さまはお寺まいりに行って留守だという。なにしろここに病人がいるから湯でも水でも呉れないかというと、子供たちは炉にかけてある薬鑵から白湯《さゆ》を汲んで来てくれた。わたしは腰から印籠をとり出して、中間に薬をふくませる、湯を飲ませる。これでまずほっと一と息つきながら、あたりの様子を見まわすと、小さい堂のなかは二間《ふたま》ばかりで、入口の四畳半には三尺ばかりの炉が切ってある。奥は六畳ぐらいで、隅の方に古い天神机のようなのが七つ八つも積んである。そのほかには大きい仏壇が眼についたばかりで、これぞという家財調度のたぐいもないらしかった。

「お武家さま。お寒かろう。上へあがって火におあたりなされ。」と、子供たちは親切に言ってくれた。その親切をよろこぶよりも、わたしはその子供たちの行儀のよいのに少し驚いた。ここらの子供にしては行儀もよい、物言いも正しい。田舎の子供も馬鹿には出来ないと思いながら、わたしは子供に訊いてみた。

「ここのお師匠さまはなんという人だ。」

「ゆうけんさまといいます。」

それは遊ぶという字と、謙遜の謙の字だと、子供は畳に書いて教えてくれた。その遊謙という人はどこへ寺まいりに行ったと訊くと、近所の松岸寺へ行ったという。松岸寺というのはこの磯部村でも古い寺で、佐々木盛綱の墓があると子供たちは更に教えてくれた。

「お師匠さまは手習いを教えるのか。」と、わたしは奥に積んである机をみながら又訊いた。

「はい。上磯部と下磯部の村の子がみんな手習いのお稽古にまいります。」

「お師匠さまは、よく教えてくれるか。」

「御親切によく教えて下さります。」

子供たちは自分の手本を出して見せた。筆蹟はなかなか見事なものだ。これならば江戸でも立派に手習師匠の看板がかけられると思った。

「お師匠さまは幾歳《いくつ》ぐらいだ。」

「よくは存じませぬ。大方は六十を越えていられましょう。」

子供の物言いが正しいのを聞くにつけて、その師匠が平生《へいぜい》の躾《しつ》け方も思いやられて、わたしはなんだかその遊謙という人物が懐かしいようにも思われて来た。近所へ寺まいりに行ったというならば、そんなに暇取ることもあるまい。もう少し休息していて、その人に逢って行きたいような気にもなった。いや、断わって置くが、その師匠というのは美しい尼ではない、男の坊主で、しかも六十を越しているのだ。貴公らのような連中に話して聞かせる時には、それをよく断わって置かないと飛んだ勘違いをされて困る。いいかね、男の老爺《じじい》の坊主だよ。

子供たちは病人をいたわって、炉のそばへ来いと頻りにいうので、中間だけはとうとうあがり込んだが、わたしは主人の留守を遠慮して、やはり上がり口に腰をかけながら、子供を相手にその師匠の噂を聞くと、遊謙というのは余ほど奇特《きどく》の人物らしく、先年この村じゅうに悪い風邪がはやったときに、わざわざ高崎の城下から高い薬を買って来て、門並《かどな》みに施してやったことがある。碓氷川の水があふれて、毎年一度はここらの田畑をひたされるのを、遊謙が発起で、その堤をすっかり修復したので、その後はめったに出水の災難もなくなった。その修復の物入りは少なからぬ金額であったが、ほとんど遊謙が自分ひとりのふところから出したという。そのほかにも貧困で難渋する者があれば、金を恵む、米をやる。そういう慈悲善根は数うるに暇《いとま》がないというのを聞いて、わたしはいよいよ感心してしまった。

外にはまだ浅間おろしがひゅうひゅう吹いている。碓氷川の早瀬の音が石にむせんで寒そうにきこえる。子供たちは土間にたばねてある枯枝を運び込んで、炉の火をあたたかに焚《た》いてくれた。そのうちに藁草履の音が軽くきこえて、師匠の遊謙が外から帰って来た。

「お師匠さま。お帰りなされませ。」

子供たちは入口へ出て挨拶した。わたしも起ち上がって一礼すると、遊謙は焚火の光りでわたしの顔をじろりと視たが、すぐににこやかに会釈《えしゃく》した。

「家来が病気で白湯を所望いたし、お留守のお邪魔をいたしておりました。」と、わたしは丁寧に言った。

「ほう、それは御難儀、御遠慮なしにゆるゆると御休息なされ。」と、遊謙は気の毒そうに言った。そうして、子供たちにむかっても優しく言った。「よう留守してくれました。もう日が暮るるぞ、早う帰りゃ。」

「では、もうお暇《いとま》申します。」と、二人の子供はおとなしく手をついた。「お客さま。ごめん下さりませ。」

師匠と客とに行儀よく挨拶して、子供たちは帰った。

「そこではお寒うござりましょう。まずこちらへおはいりなされ。」

慇懃《いんぎん》に勧められて、わたしもとうとう草鞋をぬぐ気になった。一つには、何分にも夕方の寒さがいよいよ身にこたえて、さっきから炉の前にかがんでいる中間が羨ましくなったからでもあった。

「もう暗くなりました。」

遊謙は仏前に燈明を供えて、それから煤《すす》けた行燈にも火を入れた。わたしは初めて正面に向き合って、遊謙という人物の容体をよく見ると、なるほど年の頃は六十五六でもあろうか、どちらかといえば小柄の、痩形の方ではあるが、骨格はなかなかしっかりしているらしく、白い眉の濃い、眼の大きい、口元のきっと引き緊《しま》った、見るからに人品のよい老人であった。今こそ頭を剃り丸めて、裄《ゆき》の短い白木綿の衣服を着ているが、むかしは肩衣《かたぎぬ》も着けたことのある人物だということは、わたしにも一と目で判った。わたしも自分の身分をあかして、御用道中の戻り路だということを話すと、遊謙は一々うなずいて聴いていた。

「それは御苦労でござりました。して、きょうは松井田から妙義へ登られて、その足ですぐここまで……。それはさぞお疲れでござりましたろう。御家来の御病気、格別の御心配はござりませぬかな。」

「持病の疝癪《せんしゃく》でござれば、さしたることもござるまい。新六、どうだ。」

「はい。よほど楽になりました。」と、中間は畳に片手を突きながら言った。

「しかし見るところ、顔の色がまだよくないようでござるな。」と、遊謙は不安らしく言った。「御覧の通り、もう日は暮れ果てました。次の宿《しゅく》の安中までは一里あまり、この寒い夜風に吹かれては途中で又どのような悩みが起こらぬとも限りますまい。御主人だけはひと足さきへお越しなされて、御家来はここに一泊、あすの朝早く発って次の宿で追い付かれてはどうでござろうな。かような手狭なあばら家ではござるが、幸いに夜の物もござる。暖かというほどではなくとも、寒くないほどの用意は致して進ぜましょう。どうじゃ、そうなされては……。」

「かたじけのうござる。」

わたしは取りあえず礼を言った。まったく主人のいう通り、中間の顔の色はまだよくない。これから安中まで暗い夜路をたどって行って、途中で又もや悩み出されては困る。いっそ主人の親切にあまえて、中間だけをここに頼んで行こうとも思った。そこで、彼にそれを相談すると、中間もなるべくそう願いたいという。ふだんから忠義者の彼が、主人に離れてここに居残ろうというくらいであるから、よくよく我慢が出来ないに相違ない。わたしは家来の世話を遊謙によく頼んで、夜のふけないうちにここを出ることにした。

「何分にもお願い申す。」

「お案じなさるな。夜路《よみち》は暗い、気をつけてお越しなされ。」

遊謙は門口《かどぐち》まで送って出ると、風にあおられた落葉がはらはらと私の笠の上へ雨のように降って来た。いや、落葉の雨ばかりでなく、ほんとうの雨もまじっているらしかった。

「時雨《しぐれ》かな。」と、遊謙は真っ暗な空を仰ぎながら言った。

いつの間にか大空はすっかり陰って、耳をきるような寒い風がしぐれを運んで来たらしい。わたしは笠の檐《のき》に手をかけながら、しばらく立ち停まっていた。これから次の宿まで濡れて行くのも随分難儀だと思っていると、それを察したように遊謙は呼び戻した。

「ひとしきりとは思うものの、この雨に濡るるは御難儀でござろう。引っ返して晴れ間を待たれては……。」

そういううちに、雨はさらさらと音を立てて降って来たので、わたしは猶予なしに再び内へ引っ返した。一旦むすんだ草鞋の紐をまた解いて、火の紅い炉のそばへ再びにじり寄ると、遊謙はやはり愛想よく歓待《もてな》して、戸棚から硬い掻餅などを把《と》り出してあぶってくれた。わたしもゆっくりと腰を据えて話し出した。

「失礼ながら御僧は御当地のお生まれでござるか。」

「いや。」と、遊謙は頭《かしら》をふった。

「おことばの様子では中国筋の御仁《ごじん》かともお見受け申すが……。」

「さように見えますかな。」

遊謙はさびしく笑っていた。しかし何処の人間だということを、自分の口から明らかには言わなかった。

「以前は武家でござるか。」と、わたしは又訊いた。

「遠い昔には小禄を食《は》んだものでござる。」

「いつの頃から当地へ移られた。」

「三十年あまりの昔でござるよ。」と、遊謙はしずかに答えた。「かような小さい堂を作って、朝夕には仏に回向《えこう》、昼は近所の子供らをあつめて、読み書きなど少しばかり指南しておりまする。」

見れば見るほど気品のある老人で、本人は卑下して小禄といっているが、実は武家でも相当の身柄の人物であったらしく思われた。これほどの侍がなぜ浪人して、こんな寂しい上州の村に逼息《ひっそく》するようになったのか。三十年あまりの遠い昔のことでは、勿論われわれに判断は付かないが、おそらく主君の家没落、それから二度の主取りをせぬという遁世者であろう。

そう思うと、わたしはいよいよその人がゆかしくも思われて来た。

「当地には何か知己《しるべ》でもあって参られたか。」

「いや、さようの訳でもござらぬが、若い時に一度まいったことがござって……。今の身には住みよさそうな所かとも存じたので、ともかくもここに落ち付きました。」

「ほかにはお親戚《みより》もござらぬか。」

「この通りの独身、尤《もっと》も一人の娘がござったが……。」と、言いかけて遊謙はその額に小皺をみせた。「他に縁付いて唯今では音信不通、仕合わせか不仕合わせか存ぜぬが、ともかくもまだ無事に生きているかと思われまする。ほかに眷族《けんぞく》はなし、それがしはここに余命を送って、磯部の土となる心でござる。」

外の時雨はまだ止まない。遊謙はしずかに枯枝を炉にくべていたが、やがて気が付いたように戸棚から薄い布団を持ち出して、そこに転がっている中間にきせてやった。火にあたたまって好い心持になったらしい彼は、行儀悪くそこで横になってしまった。

「まだ止みませぬな。」と、遊謙は藁屋根を叩く雨の音に耳をかたむけているらしかったが、またおもむろに話し出した。「かようなところに逼息《ひっそく》していれば、世の中のことも一向に存じませぬが、お江戸はいよいよ繁昌でござりましょうな。」

「御府内は一年ましの繁昌、それはそれは目ざましいことでござる。」

「さようでござろうな。」と、遊謙はうなずいた。「天下は太平、公方家《くぼうけ》お膝元はいよいよ栄えるばかりでござろう。春は上野飛鳥山《あすかやま》の花見など、定めて賑わうことでござりましょうな。」

主人は若いときに二度ばかり江戸へ出たことがあるとかいうことで、かなりに江戸の案内も知っているらしく、それからそれへと江戸の噂が出るうちに、遊謙はふとこんなことを訊いた。

「高輪のあたりはやはり昔のままでござりましょうな。」

「遠い昔のことは存ぜぬが、手前がおぼえてからは其儘《そのまま》でござるよ。殖えたものは品川の飯盛茶屋ぐらいのものでござろうか。」と、わたしは笑いながら答えた。

「泉岳寺は……。もとの所にござりまするか。」

「泉岳寺も一年ごとに参詣が増すばかりで、四十七士の墓の前には線香の煙りが絶えませぬ。とりわけて今年の三月は開帳と申すので、百日の間はおびただしい繁昌、寺の門前には休み茶屋なども軒をならべて、さまざまの積み物かざりもの。それを機《しお》に歌舞伎でも義士の芝居を興行する。かたがた江戸中の人気がここにあつまって、寄れば語れば元禄当時の昔語りばかり。手前も友達に誘われて、泉岳寺の開帳に一度参詣いたしたが、その繁昌には眼を奪われました。武士の参詣はさのみでもござらぬが、江戸の町人、近所の百姓、殊に下町の娘子供は花見か芝居見物かと思われるように着飾って、押し合い揉み合って線香の煙りの前にあつまって来る。その華やかさ、賑わしさ、なかなか口では尽くされぬ程でござったよ。」

遊謙は黙って聴いていたが、やがて低い溜め息をついた。

「かの人々も歌舞伎役者のように、娘子供に持て囃《はや》さりょうと思うていたのではござるまいに。」

「それでも武士として後世にあれほど名を残せば、当人たちも本意でござろうが。」

「さようかも知れませぬ。」と、遊謙はさびしく笑った。「なんにもせよ、太平の代に四十余人が徒党を組んで高家《こうけ》の屋敷に夜討ちをかける。華やかな仕事でござったからのう。」

泉岳寺の噂はそれぎりで、そのほかにも江戸の話がしばらく続いた。それからだんだんにこの土地の噂に移って、わたしは先刻子供たちから聞いた遊謙がかずかずの慈悲善根のことを言い出すと、遊謙はただ軽く笑っているばかりで、別にお話し申すほどのことでもござらぬと言っていた。

こんな話に夜が更けて、わたしはとうとう安中まで踏みだすことが出来なくなってしまったので、家来と一緒にここで一夜を明かすことになった。炉のそばの方が暖かいというので、わたしは入口の四畳半に寝かされた。主人と中間とは奥の六畳に眠った。行き暮れた旅人には、こころよく宿を仮《か》すことになっているので、二人三人の寝道具にはいつでも差し支えないと遊謙は言っていた。これも彼が善根の一つであるらしく思われた。一日の疲れでわたしは正体なしに寝入ってしまったが、暁けがたの寒さが襟にしみてふと眼をあくと、まだ明け切らない薄暗い部屋には仏壇の燈明が微かにともっていて、早起きの主人はその仏壇の前にうやうやしく礼拝していた。奇特の道心者《どうしんしゃ》だとわたしは思った。

「夜があけると、雨はもちろん、風もすっかり歇《や》んでいるので、わたしは喜んでここを発った。中間ももう癒ったといって元気よく草鞋を穿《は》いた。出る時に、わたしは心ばかりの供え物をしたが、主人は固く辞退して受け取らなかった。その時はそれで別れてしまったのだが、江戸へ帰ってから番町の伯父にその話をすると、それはきっと大野九郎兵衛に相違ないというのだ。」

「大野九郎兵衛……。何者だ。」

聴いている若い人達は、その人の名をすぐには思い出せないらしかった。

「赤穂の家老さ。」と、舟井は説明した。

「むむ。そう、そう。」と、皆もうなずいた。「大石の仇討に加わらなかった人物だな。」

「そうだ。伯父は若いときに一度その大野九郎兵衛に逢ったことがあるので、その人相から年頃が丁度その大野に符合しているというのだ。殊に磯部には浅野内匠頭《たくみのかみ》の飛び地が三百石ほどあったそうだから、その縁故で大野は赤穂退転の後にあすこへ引っ込んだのだろうということだ。なるほどそんなことかも知れない。伯父はたいへんに残念がって、お前はそれを知らなかったから仕方もないが、もしおれだったら其の場で不忠者の大野九郎兵衛めを一刀に斬って捨てたものをと言っていたよ。」

「貴公の伯父御なら、その位のことを仕かねまいな。」と、若い主人は言った。

「ほんとうに伯父でなくって仕合わせさ。」と、舟井も言った。「たといそれが大野九郎兵衛だということが其処ですぐに判っても、わたしは彼を斬る気にはなれない。どうして、あの善人を……。」

どの人も黙って考えていた。

それから十四五年が経って、舟井は信州路へ二度目の御用道中に出ることになった。その帰り路に再び磯部をたずねると、堂の主人はもうこの世にはいなかった。村の人に教えられて松岸寺へ参詣すると、大きい桜の木の下に新しい立派な石碑が建てられていた。碑の面《おもて》には慈望遊謙墓と彫ってあるばかりで、その俗名をしるしてなかった。

勿論そこには泉岳寺の開帳のように、華やかに着飾った娘子供などの姿はみえなかった。積み物も飾り物も見えなかった。ただ正直そうな村の人がひとり草花をささげて一心に拝んでいるのを見た。

松岸寺にある遊謙の墓（撮影＝編者）

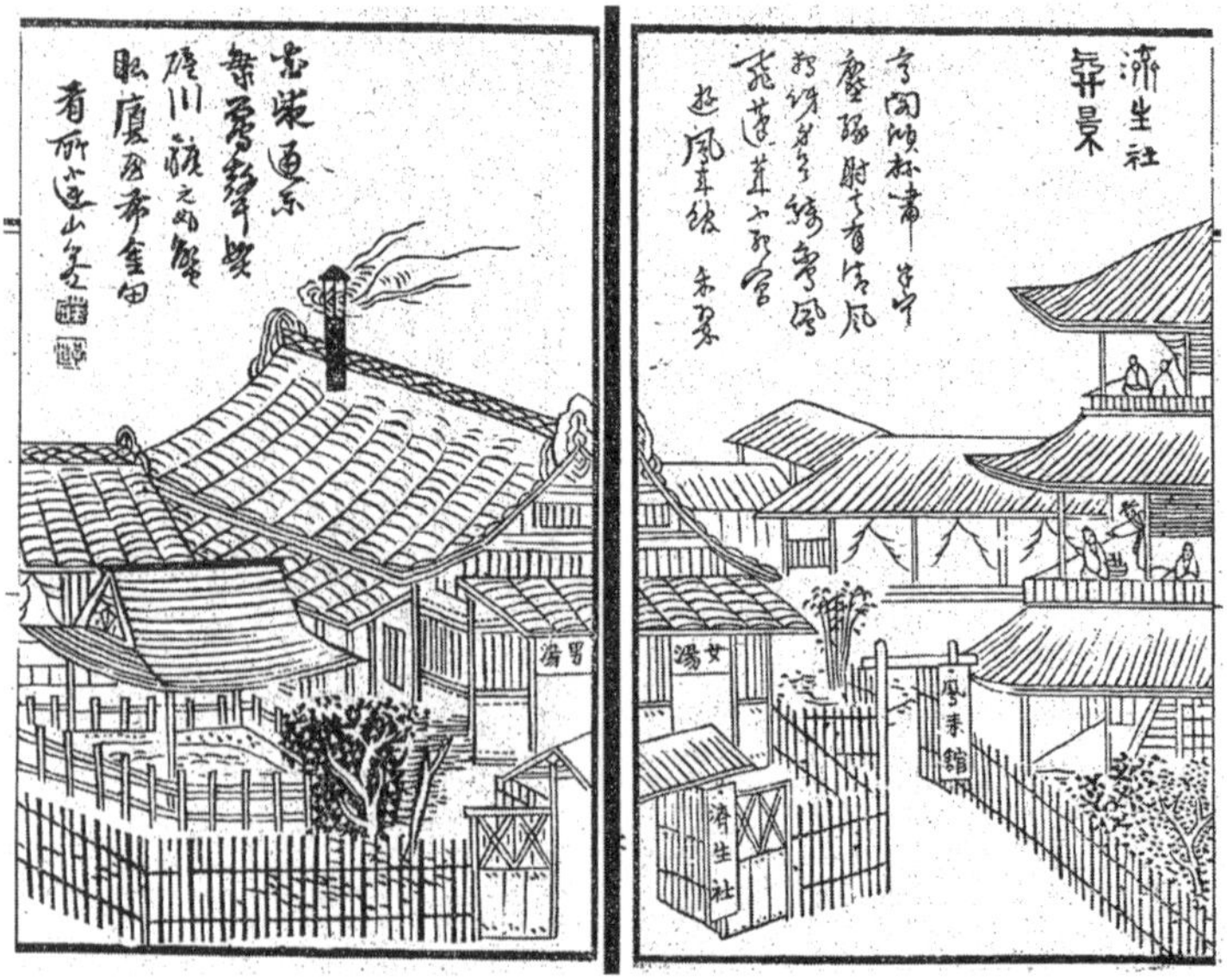

山本誉吉編『磯部鉱泉繁昌記　初編』(1886〔明治 19〕年刊行) より

雨夜の怪談

秋……殊《こと》に雨などが漕々《そうそう》降ると、人は兎角《とかく》に陰気になつて、動《やや》もすれば魔物臭い話が出る。されぱこそ、七偏人《しちへんじん》は百物語を催ほして大愚大人を脅かさんと巧み、和合人《わごうじん》の土場六先生はヅーフラを以て和次さん等を驚かさんと企つるに至るのだ。聞く所に拠《よ》れば近来も怪談大流行、到る所に百物語式の会合があると云ふ。で、私も流行を趁《お》うて、自分が見聞の怪談二三を紹介する。但《ただ》し何《いず》れも実録であるから、芝居や講釈の様に物凄いのは無い。それは前以てお断り申して置く。

一

明治六七年の頃、私《わたし》の家《うち》は高輪《たかなわ》から飯田町《いいだまち》に移つた。飯田町の家は大久保何某《なにがし》といふ旗本《はたもと》の古屋敷で随分広い。移つてから二月《ふたつき》ほど経つた或夜の事、私の母が夜半《よなか》に起きて便所に行く。途中は長い廊下、真闇《まつくら》の中《なか》で何やら摺違《すれちが》つたやうな物の気息《けはい》がする、之《これ》と同時に何とは無しに後《あと》へ引戻されるやうな心地がした。けれども、別に意にも介《と》めず、用を済《すま》して寝床へ帰つた。

こゝに住むこと約半年、更《さら》に同町内の他へ《ママ》移転した。すると、出入《でいり》の酒商《さかや》が来て、旧宅にゐる間に何か変つた事は無かつたかと問ふ。いや、何事も無かつたと答へると、実は彼《あ》の家《うち》は昔から有名《なだい》の化物屋敷、あなた方が住んでお在《いで》の時に、そんな事を申上げては却《かえ》つて悪いと、今日《こんにち》まで差控《さしひか》えて居《お》りましたと云ふ。併《しか》し此方《こつち》では何等の不思議を見た事無し、強《しい》て心当りを探り出せば、前に記《しる》した一件のみ。これでも怪談の部であらうか。

二

安政《あんせい》の末年《まつねん》、一人の若武士《わかざむらい》が品川から高輪《たかなわ》の海端《うみばた》を通る。夜は四《よ》つ過ぎ、他《ほか》に人通りは無い。芝《しば》の田町《たまち》の方から人魂《ひとだま》のやうな火が宙《ちゆう》を迷《まよ》うて来る。それが漸次《しだい》に近《ちか》づくと、女の背に負《おぶ》はれた三歳《みつつ》ばかりの小供が、竹の柄《え》を付けた白張《しらはり》のぶらゝゝ提灯《ぢようちん》を持つてゐるのだ。唯是《ただこれ》だけの事ならば別に仔細《しさい》無し、こゝに不思議なるは其《そ》の女の顔で、眼も鼻も無い所謂《いわゆる》のツぺらぼう。武士《さむらい》も驚いて、思はず刀に手を掛けたが、待て暫《しば》し、広い世の中には病気又は怪我《けが》の為に不思議な顔を有《も》つ女が無いとも限らぬ、迂闊《うかつ》に手を下《くだ》すのも短慮だと、少時《しばし》づゝツと見てゐる中《うち》に、女は消ゆるが如《ごと》くに行き過ぎて遠く残るは提灯《ちょうちん》の影ばかり。是果《これはた》して人か怪《かい》か竟《つい》に分らぬ。其《そ》の武士《さむらい》と云ふのは私の父である。

忠盛《ただもり》は油坊主《あぶらぼうず》を捕へた。私も引捕へて詮議すれば可《よ》かつたものを……と、老後の悔《くや》み話。

三

慶応《けいおう》の初年《しょねん》、私の叔父《おじ》は富津《ふっつ》の台場《だいば》を固めてゐた、で、或日《あるひ》の事。同僚吉田何某《なにがし》と共に近所へ酒を飲みに行つた帰途《かえりみち》、冬の日も暮れかゝる田甫路《たんぼみち》をぶら〳〵来ると、吉田は何故《なぜ》か知らず、動《やや》もすれば田《た》の方へ蹌踉《よろ》けて行く。勿論幾分か酔つてはゐるが、足下《あしもと》の危い程でも無いに兎角《とかく》に左の方へと行きたがる。おい、田へ落ちるぞ、確乎《しっかり》しろと、叔父は幾《いく》たびか注意しても、本人は夢の様、無意識に田の中《なか》へ行かうとする。

其中《そのうち》に、叔父が不図《ふと》見ると、田を隔《へだ》てたる左手《ゆんで》の丘に一匹の狐がゐて、宛《さなが》ら招《まね》くが如くに手を挙《あ》げてゐる。こん畜生！　武士《さむらい》を化《ばか》さうなどゝは怪《け》しからぬと、叔父も酒の勢ひ、腰なる刀をひらりと抜く。これを見て狐は逃げた。吉田は眼を摩《こす》りながら「あゝ、睡《ねむ》かつた……。」それから後《のち》は何事も無い。

動物電気に依《よっ》て一種のヒプノチズム式作用を起すものと見える。狐が人を化すと云ふのも嘘では無いらしい。

四

鼬《いたち》の立つのは珍しくはないが私は猫の立つて歩くのを見た。

時は明治三十一年の八月十二日、夜の一時頃であらう。私は寝苦しいので蚊帳《かや》を出た。庭を一巡して扨《さて》それから表へ出やうと、何心なく門を明けると、門から往来へ出る路次《ろじ》の真中《まんなか》に何物か立つてゐる。月は明るい。其《その》うしろ姿は正《まさ》しく猫、加之《しか》も表通りの焼芋《やきいも》商に飼つてある雉子猫《きじねこ》だ。彼奴《きやつ》、どうするかと息を潜《ひそ》めて窺《うかが》つてゐると、彼《かれ》は長き尾を地に曳《ひ》き二本の後脚《あとあし》を以《もつ》て矗然《すつく》と立つたまゝ、宛《さなが》ら人のやうに歩んで行く、足下《あしもと》は中々確《なかなかたしか》だ。

　はて、不思議と見てゐる中に、彼は既に二間ばかりも歩き出した。私は一種の好奇心に駆られて、背後《うしろ》から其後《そのあと》を尾《つ》けやうと、跫音《あしおと》を偸《ぬす》んで一歩蹈《ふ》み出すや否や、彼は忽《たちま》ち顧《みかえ》つた。と思ふと、平常《へいぜい》の四脚《よつあし》に復《かえ》つて飛鳥《ひちょう》の如《ごと》くに往来へ逃げ去つた。私も続いて逐《お》うたが、もう影も見せぬ。

翌日、焼芋屋の店を窺《うかが》ふと彼は例の如く竈前《かままえ》に遊んでゐる。併《しか》し昨夜の事を迂闊饒舌《うつかりしやべ》つて、家内の者を鬧《さわが》すのも悪いと思つたから、私は何にも言はなかつた。が、其後も絶えず彼の挙動に注目してゐると、翌月の末頃から彼は姿を現はさぬ。同家に就《つい》て訊けば、猫は二三日前から行方不明となつたと云ふ。

動物学上から云へば、猫の立つて歩くのも或《あるい》は当然の事かも知れぬ。併《しか》し我々俗人は之《これ》をも不思議の一つに数《かぞ》へるのが慣例《ならい》だ。

五

明治廿三《にじゅうさん》年の二月、父と共に信州軽井沢に宿《やど》る。昨日から降積《ふりつ》む雪で外へは出られぬ。日の暮れる頃に猟夫《かりうど》が来て、鹿の肉を買つて呉《く》れと云ふ。退屈の折柄《おりから》、彼を炉辺《ろへん》に呼び入れて、種々《いろいろ》の話をする。

木曾路の山へ分け入ると、折々に不思議を見る。猟夫仲間では之《これ》をえてものと云ふ。現に此《こ》の猟夫も七八年前《ぜん》二三人の同業者と連れ立つて、木曾の山奥へ猟《りょう》に行つた。斯《かか》る深山へ登る時には、四五日分《にちぶん》の米の他に鍋釜《なべかま》をも携《たずさ》へて行くのが慣例《ならい》。

登山してから三日目の夕刻、一同は唯《と》ある大樹《たいじゅ》の下に屯《たむろ》して夕飯《ゆうめし》を焚《た》く。で、もう好《よ》い頃と一人が釜の蓋《ふた》を明けると、濛々《もうもう》と颺《あが》る湯気《ゆげ》の白き中《なか》から、真蒼《まっさお》な人間の首がぬツと出た。あツと驚いて再び蓋をすると、其中《そのなか》で物馴《ものな》れた一人が「えてものだ、鉄砲を撃て。」と云ふ。一同直《すぐ》に鉄砲を把《と》つて、何処《どこ》を的《あて》とも無《な》しに二三発《ぱつ》。それから更《さら》に釜の蓋を明けると今度は何の不思議もない。

えてものの正体は何《なん》だか知らぬが、処々《おりおり》に斯《こ》ういふ悪戯《いたずら》をすると、猟夫の話。

六

日露戦争の際、私は東京日々新聞社《とうきょうにちにち》から通信員として戦地へ派遣された。三十七年の九月、遼陽《りょうよう》より北一里半《りはん》の大紙房《だいしぼう》といふ村に宿《とま》つて、滞留約半月《はんつき》。其間《そのあいだ》に村人の話を聞くと、大紙房と小紙房との村境《むらざかい》に一間の空家《あきや》があつて十数年来誰《たれ》も住まぬ。それは『鬼《き》』が祟《たたり》を作《な》す為だと云ふ。

支那の怪物《ばけもの》………私は例の好奇心に促されて、一夜を彼《か》の空屋に送るべく決心した。で、更《さら》に委《くわ》しく其《そ》の『鬼《き》』の有様を質《ただ》すと、曰《いわ》く、半夜に凄風颯《せいふうさつ》として至る。大鬼《だいき》は衣冠《いかん》にして騎馬、小鬼《しょうき》数十何《いず》れも剣戟《けんげき》を携《たずさ》へて従ふ。屋《おく》に進んで大鬼先《ま》づ瞋《いか》つて呼ぶ、小鬼それに応じて口より火を噴き、光焔屋《こうえんおく》を照《てら》すと。

何の事だ。宛《まる》で子不語《しふご》か今古奇観《こんこきかん》にでも有《あ》りさうな怪談だ。余り馬鹿々々しいので、探険の勇気も頓《とみ》に失《う》せた。

七

これは最近の話。今年の五月、菊五郎一座が水戸《みと》へ乗込んだ時《とき》。一座の鼻升《びしょう》、菊太郎、市《いち》勝《かつら》等五名は下市《しもいち》の某旅店《ぼうりょてん》（名は憚《はばか》つて記《しる》さぬ）に泊つて、下座敷《したざしき》の六畳の間《ま》に陣取る。で、第一日の夜、市勝が俯向《うつむ》いて手紙を書いてゐると、鼻の頭の障子《さきしょうじ》が自然にすう〳〵と明いた。之《これ》を序開《じょびら》きとして種々《いろいろ》の不思議がある。段々《だんだん》詮議すると、これは此家《このや》に年古く住む鼬《いたち》の仕業《しわざ》だと云ふ。

併《しか》し人間に対して害は加へぬと分つたので、一同も先《ま》づ安心。其後《そのご》は芝居から帰ると、毎夜彼《か》の鼬を対手《あいて》にして遊ぶ。就中《なかんずく》面白いのは、例の狐狗狸《こくり》式に物を当てさせる事で、例へば此室《このへや》に女が居《い》るかと問ひ、居ない時には彼《かれ》が廊下をとん〳〵と一つ打つ。居る時にはとん〳〵と二つ打つと云ふ類《たぐい》だ。

或時《あるとき》、此室《このへや》に手拭《てぬぐい》が幾筋《いくすじ》掛けてあるかと問へば、彼は廊下を四つ打つた。けれども、手拭は三筋より無い。更《さら》に聞直しても矢はり四つだと答へる。で、念の為に手拭を検《あらた》めると、三筋と思つたのは此方《こっち》の過失《あやまり》で、一つの釘《くぎ》に二筋の手拭が重ねて掛けて有《あ》つて、都合《つごう》四筋といふのが成《なる》ほど本当だ。是《これ》には何《いず》れも敬服したと云ふ。が、彼《かれ》は果《はた》して鼬《いたち》か狸《たぬき》か、或《あるい》は人の悪戯《いたずら》かと種々《いろいろ》に穿索《せんさく》したが、遂《つい》に其《その》正体を見出し得なかつた。宿《やど》の者は飽《あく》までも鼬と信じてゐるらしいとの事。

思い出草

赤蜻蛉

私は麹町元園町《こうじまちもとぞのちょう》一丁目に約三十年も住んでいる。その間に二、三度転宅したが、それは単に番地の変更にとどまって、とにかくに元園町という土地を離れたことはない。このごろ秋晴れの朝、巷《ちまた》に立って見渡すと、この町も昔とはずいぶん変ったものである。懐旧の感がむらむらと湧く。

江戸《えど》時代に元園町という町はなかった。このあたりは徳川《とくがわ》幕府の調練場となり、維新後は桑茶栽付所となり、さらに拓《ひら》かれて町となった。昔は薬園であったので、町名を元園町という。明治八年、父が初めてここに家を建てた時には、百坪の借地料が一円であったそうだ。

わたしが幼い頃の元園町は家並がまだ整わず、到るところに草原があって、蛇《へび》が出る、狐《きつね》が出る、兎《うさぎ》が出る、私の家のまわりにも秋の草が一面に咲き乱れていて、姉と一緒に笊《ざる》を持って花を摘みに行ったことを微《かす》かに記憶している。その草叢《くさむら》の中には、ところどころに小さい池や溝川《どぶがわ》のようなものもあって、釣りなどをしている人も見えた。

蟹《かに》や蜻蛉《とんぼ》もたくさんにいた。蝙蝠《こうもり》の飛ぶのもしばしば見た。夏の夕暮れには、子供が草鞋《わらじ》を提《さ》げて「蝙蝠来い」と呼びながら、蝙蝠を追い廻していたものだが、今は蝙蝠の影など絶えて見ない。秋の赤蜻蛉、これがまた実におびただしいもので、秋晴れの日には小さい竹竿《ざお》を持って往来に出ると、北の方から無数の赤とんぼがいわゆる雲霞《うんか》の如くに飛んで来る。これを手当り次第に叩《たた》き落すと、五分か十分のあいだに忽《たちま》ち数十疋の獲物《えもの》があった。今日《こんにち》の子供は多寡《たか》が二疋《ひき》三疋の赤蜻蛉を見つけて、珍しそうに五人六人もで追い廻している。

きょうは例の赤とんぼ日和《びより》であるが、ほとんど一疋も見えない。わたしは昔の元園町がありありと眼の先に泛《う》かんで、年ごとに栄えてゆく此の町がだんだんに詰まらなくなって行くようにも感じた。

茶碗

O君が来て古い番茶茶碗を呉《く》れた。おてつ牡丹餅《ぼたもち》の茶碗である。

おてつ牡丹餅は維新前から麹町の一名物であった。おてつという美人の娘が評判になったのである。元園町一丁目十九番地の角店《かどみせ》で、その地続きが元は徳川幕府の薬園、後には調練場となっていたので、若い侍などが大勢《おおぜい》集まって来る。その傍《わき》に美しい娘が店を開いていたのであるから、評判になったも無理はない。

おてつの店は明治十八、九年頃まで営業を続けていたかと思う。私の記憶に残っている女主人のおてつは、もう四十くらいであったらしい。眉《まゆ》を落して歯を染めた、小作りの年増《としま》であった。聟《むこ》を貰《もら》ったがまた別れたとかいうことで、十一、二の男の児《こ》を持っていた。美しい娘も老いておもかげが変ったのであろう、私の稚《おさな》い眼には格別の美人とも見えなかった。店の入口には小さい庭があって、飛び石伝いに奥へはいるようになっていた。門のきわには高い八つ手が栽《う》えてあって、その葉かげに腰をかがめておてつが毎朝入口を掃《は》いているのを見た。汁粉《しるこ》と牡丹餅とを売っているのであるが、私の知っている頃には店もさびれて、汁粉も牡丹餅も余り旨《うま》くはなかったらしい。近所ではあったが、わたしは滅多《めった》に食いに行ったことはなかった。

おてつ牡丹餅の跡へは、万屋《よろずや》という酒屋が移って来て、家屋も全部新築して今日まで繁昌《はんじょう》している。おてつ親子は麻布《あざぶ》の方へ引っ越したとか聞いているが、その後の消息は絶えてしまった。

わたしの貰《もら》った茶碗はそのおてつの形見である。O君の阿父《おとっ》さんは近所に住んでいて、昔からおてつの家とは懇意《こんい》にしていた。維新の当時、おてつ牡丹餅は一時閉店するつもりで、その形見と云ったような心持で、店の土瓶《どびん》や茶碗などを知己《しるべ》の人々に分配した。O君の阿父《おとっ》さんも貰った。ところが、何かの都合からおてつは依然その営業をつづけていて、私の知っている頃までやはりおてつ牡丹餅の看板を懸けていたのである。

汁粉屋の茶碗と云うけれども、さすがに維新前に出来たものだけに、焼きも薬も悪くない。平仮名でおてつと大きく書いてある。わたしは今これを自分の茶碗に遣《つか》っている。しかし此《こ》の茶碗には幾人の唇《くちびる》が触れたであろう。

今この茶碗で番茶をすすっていると、江戸時代の麹町が湯気のあいだから蜃気楼《しんきろう》のように朦朧《もうろう》と現われて来る。店の八つ手はその頃も青かった。文金高島田《ぶんきんたかしまだ》にやの字の帯を締めた武家の娘が、供の女を連れて徐《しず》かにはいって来た。娘の長い袂《たもと》は八つ手の葉に触れた。娘は奥へ通って、小さい白扇を遣《つか》っていた。

この二人の姿が消えると、芝居で観る久松《ひさまつ》のような丁稚《でっち》がはいって来た。丁稚は大きい風呂敷包みをおろして縁《えん》に腰をかけた。どこへか使いに行く途中と見える。彼は人に見られるのを恐れるように、なるたけ顔を隠して先《ま》ず牡丹餅を食った。それから汁粉を食った。銭を払って、前垂れで口を拭《ふ》いて、逃げるようにこそこそと出て行った。

講武所《こうぶしょ》ふうの髷《まげ》に結《ゆ》って、黒木綿《もめん》の紋付、小倉《こくら》の馬乗り袴《ばかま》、朱鞘《しゅざや》の大小の長いのをぶっ込んで、朴歯の高い下駄をがらつかせた若侍が、大手を振ってはいって来た。彼は鉄扇を持っていた。悠々と蒲団《ふとん》の上にすわって、角細工《つのざいく》の骸骨《がいこつ》を根付《ねつけ》にした煙草入《たばこい》れを取り出した。彼は煙りを強く吹きながら、帳場に働くおてつの白い横顔を眺めた。そうして、低い声で頼山《らいさん》陽《よう》の詩を吟じた。

町の女房らしい二人連れが日傘を持ってはいって来た。かれらも煙草入れを取り出して、鉄漿《おはぐろ》を着けた口から白い煙りを軽く吹いた。山の手へ上《のぼ》って来るのはなかなかくたびれると云った。帰りには平河《ひらかわ》の天神さまへも参詣して行こうと云った。

おてつと大きく書かれた番茶茶碗は、これらの人々の前に置かれた。調練場の方ではどッと云う鬨《とき》の声が揚がった。焙烙《ほうろく》調練が始まったらしい。

わたしは巻煙草を喫《の》みながら、椅子《いす》に寄りかかって、今この茶碗を眺めている。かつてこの茶碗に唇《くちびる》を触れた武士も町人も美人も、皆それぞれの運命に従って、落着く所へ落着いてしまったのであろう。

芸妓

有名なおてつ牡丹餅の店が私の町内の角に存していたころ、その頃の元園町には料理屋も待合も貸席もあった。元園町と接近した麹町四丁目には芸妓屋《げいしゃや》もあった。わたしが名を覚えているのは、玉吉、小浪などという芸妓で、小浪は死んだ。玉吉は吉原《よしわら》に巣を替えたとか聞いた。むかしの元園町は、今のような野暮《やぼ》な町では無かったらしい。

また、その頃のことで私がよく記憶しているのは、道路のおびただしく悪いことで、これは確かに今の方がよい。下町《したまち》は知らず、われわれの住む山の手では、商家でも店でこそランプを用《もち》いたれ、奥の住居《すまい》ではたいてい行燈《あんどう》をとぼしていた。家によっては、店先にも旧式のカンテラを用いていたのもある。往来に瓦斯《ガス》燈もない、電燈もない、軒ランプなども無論なかった。したがって、夜の暗いことはほとんど今の人の想像の及ばないくらいで、湯に行く時などには、夜はうっかり歩けないくらいであった。しかし今日《こんにち》のように追剝《おいはぎ》ぎや出歯亀《でばかめ》の噂《うわさ》などは甚《はなは》だ稀《まれ》であった。

遊芸の稽古《けいこ》所と云うものもいちじるしく減じた。私の子供の頃には、元園町一丁目だけでも長唄の師匠が二、三軒、常磐津《ときわづ》の師匠が三、四軒もあったように記憶しているが、今ではほとんど一軒もない。湯帰りに師匠のところへ行って、一番唸《うな》ろうという若い衆も、今では五十銭均一か何かで新宿《しんじゅく》へ繰り込む。かくの如くにして、江戸っ子は次第に亡《ほろ》びてゆく。浪花節の寄席が繁昌《はんじょう》する。

半鐘《はんしょう》の火の見梯子《ばしご》と云うものは、今は市中に跡を絶ったが、わたしの町内にも高い梯子があった。或る年の秋、大嵐のために折れて倒れて、凄まじい響きに近所を驚かした。翌《あく》る朝、私が行ってみると、梯子は根もとから見事に折れて、その隣りの垣を倒していた。その頃には烏瓜《からすうり》が真っ赤に熟して、蔓《つる》や葉が搦《から》み合ったままで、長い梯子と共に横たわっていた。その以来、わたしの町内に火の見梯子は廃せられ、そのあとに、関運漕店《せきうんそう》の旗竿が高く樹《た》っていたが、それも他に移って、今では立派な紳士の邸宅になっている。

西郷星

かの西南戦役《せんえき》は、わたしの幼い頃のことで何んにも知らないが、絵草紙屋《えぞうしや》の店にいろいろの戦争絵のあったのを記憶している。いずれも三枚続きで、五銭くらい。また、そのころ流《は》行《や》った唄に、

〽紅《あか》い帽子《シャッポ》は兵隊さん、西郷に追われて、

トッピキピーノピー。

今思えば十一年八月二十三日の夜であった。夜半《よなか》に近所の人がみな起きた。私の家でも起きて戸を明けると、何か知らないがポンポンパチパチいう音がきこえる。父は鉄砲の音だと云う。母は心配する、姉は泣き出す。父は表へ見に出たが、やがて帰って来て、「なんでも竹《たけ》橋《ばし》内で騒動が起きたらしい。時どきに流れだまが飛んで来るから戸を閉めて置け。」と云う。

わたしは衾《よぎ》をかぶって蚊帳《かや》の中に小さくなっていると、暫《しばら》くしてパチパチの音も止《や》んだ。これは近衛《このえ》兵の一部が西南役《えき》の論功行賞《ろんこうこうしょう》に不平を懐《いだ》いて、突然暴挙を企てたものと後に判った。

やはり其の年の秋と記憶している。毎夜東の空に当って箒星《ほうきぼし》が見えた。誰が云い出したか知らないが、これを西郷星《さいごうぼし》と呼んで、さき頃のハレー彗星《すいせい》のような騒ぎであった。しまいには錦絵まで出来て、西郷桐野篠原《きりのしのはら》らが雲の中に現われている図などが多かった。

また、その頃に西郷鍋というものを売る商人が来た。怪しげな洋服に金紙《きんがみ》を着けて金モールと見せ、附け髭《ひげ》をして西郷の如く拵《こしら》え、竹の皮で作った船のような形の鍋を売る、一個一銭。勿論《もちろん》、一種の玩具《おもちゃ》に過ぎないのであるが、なにしろ西郷というのが呼び物で、大繁昌であった。私なども母にせがんで幾度も買った。

そのほかにも西郷糖という菓子を売りに来たが、「あんな物を食っては毒だ。」と叱《しか》られたので、買わずにしまった。

湯屋

湯屋《ゆうや》の二階というものは、明治十八、九年の頃まで残っていたと思う。わたしが毎日入浴する麹町四丁目の湯屋にも二階があって、若い小綺麗《こぎれい》な姐《ねえ》さんが二、三人居た。

わたしが七つか八つの頃、叔父に連れられて一度その二階に上がったことがある。火鉢に大きな薬罐《やかん》が掛けてあって、そのわきには菓子の箱が列《なら》べてある。のちに思えば例の三馬《さんば》の「浮世風呂」をその儘《まま》で、茶を飲みながら将棋をさしている人もあった。

時はちょうど五月の初めで、おきよさんという十五、六の娘が、菖蒲《しょうぶ》を花瓶《かびん》に挿《さ》していたのを記憶している。松平紀義《まつだいらのりよし》のお茶の水《ちゃみず》事件で有名な御世梅《ごせめ》お此《この》という女も、かつてこの二階にいたと云うことを、十幾年の後に知った。

その頃の湯風呂には、旧式の石榴口《ざくろぐち》と云うものがあって、夜などは湯煙《ゆげ》が濛々《もうもう》として内は真っ暗。しかもその風呂が高く出来ているので、男女ともに中途の階段を登ってはいる。石榴口には花鳥風月もしくは武者絵などが画《か》いてあって、私のゆく四丁目の湯では、男湯の石榴口に水滸伝《すいこでん》の花和尚《かおしょう》と九紋龍《くもんりゅう》、女湯の石榴口には例の西郷桐野篠原の画像が掲げられてあった。

男湯と女湯とのあいだは硝子《ガラス》戸で見透かすことが出来た。これを禁止されたのはやはり十八、九年の頃であろう。今も昔も変らないのは番台の拍子木の音。

紙鳶

春風が吹くと、紙鳶《たこ》を思い出す。暮れの二十四、五日ごろから春の七草《ななくさ》、すなわち小学校の冬季休業のあいだは、元園町十九と二十の両番地に面する大通り（麹町三丁目から靖国《やすくに》神社に至る通路）は、紙鳶を飛ばすわれわれ少年軍によってほとんど占領せられ、年賀の人などは紙鳶の下をくぐって往来したくらいであった。暮れの二十日頃になると、玩具《おもちゃ》屋駄菓子店などまでがほとんど臨時の紙鳶屋に化けるのみか、元園町の角には市商人《いちあきうど》のような小屋掛けの紙鳶屋が出来た。印半纒《しるしばんてん》を着た威勢のいい若い衆の二、三人が詰めていて、糸目を付けるやら鳴弓《うなり》を張るやら、朝から晩まで休みなしに忙がしい。その店には、少年軍が隊をなして詰め掛けていた。

紙鳶は種類もいろいろあったが、普通は字紙鳶《じだこ》、絵紙鳶、奴紙鳶《やっこ》で、一枚、二枚、二枚半、最も多いのは二枚半で、四枚六枚となっては子供には手が付けられなかった。二枚半以上の大紙鳶《おお》は、職人か、もしくは大家《たいけ》の書生などが揚げることになっていた。松の内は大供小供《おおどもこども》入り乱れて、到るところに糸を手繰《たぐ》る。またその間に娘子供は羽根を突く。ぶんぶんという鳴弓の声、かっかっという羽子《はご》の音。これがいわゆる「春の声」であったが、十年以来の春の巷は寂々寥々《せきせきりょうりょう》。往来で迂闊《うかつ》に紙鳶などを揚げていると、巡査が来てすぐに叱られる。

寒風に吹き晒《さら》されて、両手に胼《ひび》を切らせて、紙鳶に日を暮らした三十年前の子供は、随分乱暴であったかも知れないが、襟巻《えりまき》をして、帽子をかぶって、マントにくるまって懐《ふところ》ろ手をして、無意味にうろうろしている今の子供は、春が来ても何だか寂しそうに見えてならない。

獅子舞

獅子《しし》というものも甚だ衰えた。今日《こんにち》でも来るには来るが、いわゆる一文獅子《いちもんじし》というものばかりで、ほんとうの獅子舞はほとんど跡を断った。明治二十年頃までは随分立派な獅子舞いが来た。まず一行数人、笛を吹く者、太鼓を打つ者、鉦《かね》を叩く者、これに獅子舞が二人もしくは三人附き添っている。獅子を舞わすばかりでなく、必ず仮面《めん》をかぶって踊ったもので、中にはすこぶる巧みに踊るのがあった。かれらは門口《かどぐち》で踊るのみか、屋敷内へも呼び入れられて、いろいろの芸を演じた。鞠《まり》を投げて獅子の玉取りなどを演ずるのは、余ほどむずかしい芸だとか聞いていた。

元園町には竹内《たけうち》さんという宮内省の侍医が住んでいて、新年には必ずこの獅子舞を呼び入れていろいろの芸を演じさせ、この日に限って近所の子供を邸《やしき》へ入れて見物させる。竹内さんに獅子が来たと云うと、子供は雑煮の箸《はし》を投《ほお》り出して皆んな駈け出したものであった。その邸は二十七、八年頃に取り毀《こわ》されて、その跡に数軒の家が建てられた。私が現在住んでいるのは其の一部である。元園町は年毎に栄えてゆくと同時に、獅子を呼んで子供に見せてやろうなどと云うのんびりした人は、だんだんに亡びてしまった。口を明いて獅子を見ているような奴は、いちがいに馬鹿だと罵《ののし》られる世の中となった。眉が険《けわ》しく、眼が鋭い今の元園町人は、獅子舞を見るべく余りに怜悧《りこう》になった。万歳《まんざい》は維新以後全く衰えたと見えて、わたしの幼い頃にも已《すで》に昔のおもかげはなかった。

江戸の残党

明治十五、六年の頃と思う。毎日午後三時頃になると、一人のおでん屋が売りに来た。年は四十五、六でもあろう、頭には昔ながらの小さい髷《まげ》を乗せて、小柄ではあるが色白の小粋《こいき》な男で、手甲脚絆《てっこうきゃはん》のかいがいしい扮装《いでたち》をして、肩にはおでんの荷を担ぎ、手には渋団扇《しぶうちわ》を持って、おでんや〳〵と呼んで来る。実に佳《い》い声であった。

元園町でも相当の商売があって、わたしもたびたび買ったことがある。ところが、このおでん屋は私の父に逢うと互いに挨拶《あいさつ》をする。子供心に不思議に思って、だんだん聞いてみると、これは市ヶ谷《いちがや》辺に屋敷を構えていた旗本八万騎の一人で、維新後思い切って身を落し、こういう稼業を始めたのだと云う。あの男も若い時にはなかなか道楽者であったと、父が話した。なるほど何処《どこ》かきりりとして小粋なところが、普通の商人《あきんど》とは様子が違うと思った。その頃にはこんな風の商人がたくさんあった。

これもそれと似寄りの話で、やはり十七年の秋と思う。わたしが、父と一緒に四谷《よつや》へ納涼《すずみ》ながら散歩にゆくと、秋の初めの涼しい夜で、四谷伝馬町《よつやてんまちょう》の通りには幾軒の露店《よみせ》が出ていた。

そのあいだに筵《むしろ》を敷いて大道《だいどう》に坐っている一人の男が、半紙を前に置いて頻《しき》りに字を書いていた。今日では大道で字を書いていても、銭《ぜに》を呉れる人は多くあるまいと思うが、その頃には通りがかりの人がその字を眺めて幾許《いくら》かの銭を置いて行ったものである。

わたしらも其の前に差しかかると、うす暗いカンテラの灯影にその男の顔を透かして視《み》た父は、一間《けん》ばかり行き過ぎてから私に二十銭紙幣を渡して、これをあの人にやって来いと命じ、かつ遣《や》ったらば直《す》ぐに駈けて来いと注意された。乞食同様の男に二十銭はちっと多過ぎると思ったが、云わるるままに札《さつ》を摑《つか》んでその店先へ駈けて行き、男の前に置くや否《いな》や一散《いっさん》に駈け出した。これに就いては、父はなんにも語らなかったが、おそらく前のおでん屋と同じ運命の人であったろう。

この男を見た時に、「霜夜鐘《しものよのかね》」の芝居に出る六浦《むつら》正三郎というのはこんな人だろうと思った。その時に彼は半紙に向って「……茶立虫《ちゃたてむし》」と書いていた。上の文字は記憶していないが、おそらく俳句を書いていたのであろう。今日でも俳句その他で、茶立虫という文字を見ると、夜露の多い大道に坐って、茶立虫と書いていた浪人者のような男の姿を思い出す。江戸の残党はこんな姿で次第に亡びてしまったものと察せられる。

長唄の師匠

元園町に接近した麹町三丁目に、杵屋《きねや》お路久《ろく》という長唄の師匠が住んでいた。その娘のお花《はな》さんと云うのが評判の美人であった。この界隈《かいわい》の長唄の師匠では、これが一番繁昌して、私の姉も稽古にかよった。三宅花圃《みやけかほ》女史もここの門弟であった。お花さんは十九年頃のコレラで死んでしまって、お路久さんもつづいて死んだ。一家ことごとく離散して、その跡は今や阪川牛乳店の荷車置場になっている。長唄の師匠と牛乳屋、おのずからなる世の変化を示しているのも不思議である。

お染風

この春はインフルエンザが流行した。

日本で初めて此の病いがはやり出したのは明治二十三年の冬で、二十四年の春に至ってますます猖獗《しょうけつ》になった。われわれは其の時初めてインフルエンザという病いを知って、これはフランスの船から横浜に輸入されたものだと云う噂を聞いた。しかし其の当時はインフルエンザと呼ばずに普通はお染風《そめかぜ》と云っていた。なぜお染という可愛らしい名をかぶらせたかと詮議《せんぎ》すると、江戸時代にもやはりこれによく似た感冒が非常に流行して、その時に誰かがお染という名を付けてしまった。今度の流行性感冒もそれから縁を引いてお染と呼ぶようになったのだろうと、或る老人が説明してくれた。

そこで、お染という名を与えた昔の人の料簡《りょうけん》は、おそらく恋風と云うような意味で、お染が久松《ひさまつ》に惚れたように、すぐに感染するという謎であるらしく思われた。それならばお染に限らない。お夏《なつ》でもお俊《しゅん》でも小春《こはる》でも梅川《うめがわ》でもいい訳であるが、お染という名が一番可憐《かれん》らしくあどけなく聞える。猛烈な流行性をもって往々に人を斃《たお》すような此の怖るべき病いに対して、特にお染という最も可愛らしい名を与えたのは頗《すこぶ》るおもしろい対照である、さすがに江戸っ子らしいところがある。しかし、例の大《おお》コレラが流行した時には、江戸っ子もこれには辟易《へきえき》したと見えて、小春とも梅川とも名付け親になる者がなかったらしい。ころりと死ぬからコロリだなどと知恵のない名を付けてしまった。

すでに其の病いがお染と名乗る以上は、これに凴《よ》りつかれる患者は久松でなければならない。そこで、お染の闖入《ちんにゅう》を防ぐには「久松留守」という貼札をするがいいと云うことになった。新聞にもそんなことを書いた。勿論《もちろん》、新聞ではそれを奨励した訳ではなく、単に一種の記事として、昨今こんなことが流行すると報道したのであるが、それがいよいよ一般の迷信を煽《あお》って、明治二十三、四年頃の東京には「久松留守」と書いた紙札を軒に貼り付けることが流行した。中には露骨に「お染御免」と書いたのもあった。

二十四年の二月、私は叔父と一緒に向島《むこうじま》の梅屋敷へ行った。風のない暖い日であった。三囲《みめぐり》の堤下《どてした》を歩いていると、一軒の農家の前に十七、八の若い娘が白い手拭《てぬぐい》をかぶって、今書いたばかりの「久松るす」という女文字の紙札を軒に貼っているのを見た。軒のそばには白い梅が咲いていた。その風情《ふぜい》は今も眼に残っている。

その後にもインフルエンザは幾たびも流行を繰り返したが、お染風の名は第一回限りで絶えてしまった。ハイカラの久松に凴《よ》りつくには、やはり片仮名のインフルエンザの方が似合うらしいと、私の父は笑っていた。そうして、その父も明治三十五年にやはりインフルエンザで死んだ。

どんぐり

時雨《しぐれ》のふる頃となった。

この頃の空を見ると、団栗《どんぐり》の実を思い出さずにはいられない。麹町二丁目と三丁目との町ざかいから靖国神社の方へむかう南北の大通りを、一丁ほど北へ行って東へ折れると、ちょうど英国大使館の横手へ出る。この横町が元園町と五番町《ごばんちょう》との境で、大通りの角から横町へ折り廻して、長い黒塀《くろべい》がある。江戸の絵図によると、昔は藤村《ふじむら》なにがしという旗本の屋敷であったらしい。私の幼い頃には麹町区役所になっていた。その後に幾たびか住む人が代って、石本《いしもと》陸軍大臣が住んでいたこともあった。板塀の内には眼隠しとして幾株の古い樫《かし》の木が一列をなして栽《う》えられている。おそらく江戸時代からの遺物であろう。繁った枝や葉は塀を越えて往来の上に青く食《は》み出している。

この横町は比較的に往来が少ないので、いつも子供の遊び場になっていた。わたしも幼い頃には毎日ここで遊んだ。ここで紙鳶《たこ》をあげた、独楽《こま》を廻した。戦争ごっこをした、縄飛びをした。われわれの跳ねまわる舞台は、いつもかの黒塀と樫の木とが背景になっていた。

時雨《しぐれ》のふる頃になると、樫の実が熟して来る。それも青いうちは誰も眼をつけないが、熟してだんだんに栗のような色になって来ると、俗にいう団栗なるものが私たちの注意を惹《ひ》くようになる。初めは自然に落ちて来るのをおとなしく拾うのであるが、しまいにはだんだんに大胆になって、竹竿を持ち出して叩き落す、あるいは小石に糸を結んで投げつける。椎《しい》の実よりもやや大きい褐色《かっしょく》の木の実が霰《あられ》のようにはらはらと降って来るのを、われ先にと駈け集まって拾う。懐ろへ押し込む者もある。紙袋へ詰め込む者もある。たがいに其の分量の多いのを誇って、少年の欲を満足させていた。

しかし白樫《しらかし》は格別、普通のどんぐりを食うと唖になるとか云い伝えられているので、誰も口へ入れる者はなかった。多くは戦争ごっこの弾薬に用いるのであった。時には細い短い竹を団栗の頭へ挿して小さい独楽を作った。それから弥次郎兵衛《やじろべえ》というものを作った。弥次郎兵衛という玩具《おもちゃ》はもう廃《すた》ったらしいが、その頃には子供たちの間になかなか流行《はや》ったもので、どんぐりで作る場合には先ず比較的に粒の大きいのを選んで、その横腹に穴をあけて左右に長い細い竹を斜めに挿し込み、その竹の端《はし》には左右ともに同じく大きい団栗の実を付ける。で、その中心になった団栗を鼻の上に乗せると、左右の団栗の重量が平均してちっとも動かずに立っている。無論、頭をうっかり動かしてはいけない、まるで作りつけの人形のように首を据《す》えている。そうして、多くの場合には二、三人で歩きくらべをする。急げば首が動く。動けば弥次郎兵衛が落ちる。落ちれば負けになるのである。ずいぶん首の痛くなる遊びであった。

どんぐりはそんな風にいろいろの遊び道具をわれわれに与えてくれた。横町の黒塀の外は、秋から冬にかけて殊《こと》に賑《にぎ》わった。人家の多い町なかに住んでいる私たちに取っては、このどんぐりの木が最も懐かしい友であった。

「早くどんぐりが生《な》ればいいなあ。」

私たちは夏の頃から青い梢《こずえ》を見上げていた。この横町には赤とんぼも多く来た。秋風が吹いて来ると、私たちは先ず赤とんぼを追う。とんぼの影がだんだんに薄くなると、今度は例のどんぐりに取りかかる。どんぐりの実が漸く肥えて、褐色の光沢《つや》が磨いたように濃くなって来ると、とかくに陰った日がつづく。薄い日が洩《も》れて来たかと思うと、又すぐに陰って来る。そうして、雨が時々にはらはらと通ってゆく。その時には私たちはあわてて黒塀のわきに隠れる。樫の技や葉は青い傘をひろげて私たちの小さい頭の上を掩《おお》ってくれる。雨が止むと、私たちはすぐに其の恩人にむかって礫《つぶて》を投げる。どんぐりは笑い声を出してからからと落ちて来る。湿《ぬ》れた泥と一緒につかんで懐ろに入れる。やがてまた雨が降って来る。私たちは木の蔭へまた逃げ込む。

そんなことを繰り返しているうちに、着物は湿《ぬ》れる、手足は泥だらけになる。家《うち》へ帰って叱られる。それでも其の面白さは忘れられなかった。その樫の木は今でもある。その頃の友達はどこへ行ってしまったか、近所にはほとんど一人も残っていない。

大綿

時雨のふる頃には、もう一つの思い出がある。沼波瓊音《ぬなみけいおん》氏の「乳のぬくみ」を読むと、その中にオボーと云う虫に就いて、作者が幼い頃の思い出が書いてあった。蓮《はす》の実を売る地蔵盆の頃になると、白い綿のような物の着いている小さい羽虫が町を飛ぶのが怖ろしく淋しいものであった。これを捕《とら》える子供らが「オボー三尺下《さ》ンがれよ」という、極めて幽暗な唄を歌ったと記してあった。

作者もこのオボーの本名を知らないと云っている。わたしも無論知っていない。しかし此の記事を読んでいるうちに、私も何だか悲しくなった。私もこれによく似た思い出がある。それが測らずも此の記事に誘い出されて、幼い昔がそぞろに懐かしくなった。

名古屋《なごや》の秋風に飛んだ小さい羽虫とほとんど同じような白い虫が東京にもある。瓊音氏も東京で見たと書いてあった。それと同じものであるかどうかは知らないが、私の知っている小さい虫は俗に「大綿《おおわた》」と呼んでいる。その羽虫は裳《もすそ》に白い綿のようなものを着けているので、綿という名をかぶせられたものであろう。江戸時代からそう呼ばれているらしい。秋も老いて、むしろ冬に近い頃から飛んで来る虫で、十一月から十二月頃に最も多い。赤とんぼの影が全く尽きると、入れ替って大綿が飛ぶ。子供らは男も女も声を張りあげて「大綿来い〳〵飯《まま》食わしょ」と唄った。

オボーと同じように、これも夕方に多く飛んで来た。殊に陰った日に多かった。時雨を催した冬の日の夕暮れに、白い裳を重そうに垂れた小さい虫は、細かい雪のようにふわふわと迷って来る。飛ぶと云うよりも浮かんでいると云う方が適当かも知れない。彼はどこから何処へ行くともなしに空中に浮かんでいる。子供らがこれを追い捕えるのに、男も女も長い袂《たもと》をあげて打つのが習いであった。

その頃は男の児も筒袖《つつそで》は極めて少なかった。筒袖を着る者は裏店《うらだな》の子だと卑しまれたので、大抵の男の児は八《や》つ口《くち》の明いた長い袂をもっていた。私も長い袂をあげて白い虫を追った。

私の八つ口には赤い切《きれ》が付いていた。

それでも男の袂は女より短かった。大綿を追う場合にはいつも女の児に勝利を占められた。さりとて棒や箒《ほうき》を持ち出す者もなかった。棒や箒を揮《ふる》うには、相手が余りに小さく、余りに弱々しいためであったろう。

横町で鮒《ふな》売りの声がきこえる。大通りでは大綿来い〳〵の唄がきこえる。冬の日は暗く寂しく暮れてゆく。自分が一緒に追っている時はさのみにも思わないが、遠く離れて聞いていると、寒い寂しいような感じが幼い心にも沁《し》み渡った。

日が暮れかかって大抵の子供はもう皆んな家へ帰ってしまったのに、子守をしている女の児一人はまだ往来にさまよって「大綿来い〳〵」と寒そうに唄っているなどは、いかにも心細いような悲しいような気分を誘い出すものであった。

その大綿も次第に絶えた。赤とんぼも昔に較べると非常に減ったが、大綿はほとんど見えなくなったと云ってもよい。二、三年前に靖国神社の裏通りで一度見たことがあったが、そこらにいる子供たちは別に追おうともしていなかった。外套《がいとう》の袖で軽く払うと、白い虫は消えるように地に落ちた。わたしは子供の時の癖が失《う》せなかったのである。

後の大師詣

去年は五月の末に川崎大師に参詣したと記憶している。今年も四月一日、午後から急に思い立って家を出た。川崎の桜は八重が多いからまだ咲くまいと思いながら、八つ山から京浜電車に乗込むと、今日は朔日の故《せい》であろう、ボギー車はいずれも満員という混雑であった。私は混雑ということを左のみ恐れぬ人間である。混雑の中でも自分は自分の考えるだけのことを考えていられるから、悠然として電車の一隅に陣取った。が、形に於ては余り悠然ではなかった。強い女や活發な小児《こども》の為に、右へ左へ突き飛ばされ、押退けられつつ、渦に巻かるる木の葉のように、唯何《ただ》が無しに車内へ吸い込まれたのであった。私は片手に「大正演芸」の四月号を持っていた。

席が定まって車が動き出すと、車内は一旦鎮まった。同伴のない私は黙って「大正演芸」を読み始めた。約十ページばかり読んだかと思う頃、だしぬけに私の足を強く蹈んだ奴がある、加之《しか》もそれは靴である。ふいと顔をあげて見ると、それは私の前に立っている十四、五歳位の少年で、飛白の筒袖に小倉の袴というお定りの扮装《いでたち》である。私はその帽子に因って中学生であることを知った。彼も気がついたと見えて、大きな口に笑を含みながら会釈した。

私は再び俯向いて雑誌を読んでいると、軈《やが》て又私の膝にこつりと中《あた》るものがあった。見ると、今度は自然木の太い杖が倒れて来ている。これも彼《か》の少年の手から放れたものであった。再度の粗匆に彼も少しく極りが悪かったと見えて、円い顔を紅くして叮嚀に頭を下げた。わたしは微笑しながら目礼した。

川崎へ着くと、大師行の乗替えは愈《いよ》よ混雑を極めていた。何しろボギー車から吐き出された多数の人が、今度は普通車よりも小さい電車へ移されるのであるから、尠《すくな》くもその三分の一は取残される結果になる。しかも神奈川方面から来た先客が既に垣を作って控えているのである。そのあとへ我々の東京組がどやどや押掛けて行くのであるから、容易に埒《らち》が明きそうにも見えない。私は乗後れる覚悟で、傍《かたわら》のベンチに悠々と腰を下して、又もや「大正演芸」を読み初めた。電車が出ると停留場は一霎時《ひとしきり》静になった。風のない暖い日で、パンや新聞を売る声が眠そうに聞えた。私は余念もなく雑誌を読んでいる中に、大師方面から電車が戻って来た。乗《のり》後れた連中は我勝《われがち》に乗る。私も乗った。

車内へ入ると私はすぐに雑誌を読みつづけた。読み初めたら必ず最後まで一気に読んでしまうのが私の癖である。

「桜もまだ駄目ですねえ。」

「どうしても一週間経たなければ……。」

こんな声が耳に入ったので、思わず顔をあげると、家を出る時に想像した通り、レールを挟む桜の梢は少しく紅らんだばかりで、所謂「花のトンネル」には余ほどまだ間があるらしい。と思いながら不図見返ると、私の隣に腰をかけているのは先刻《さつき》の少年であった。彼も大師詣の一人で、私と同じく一車《ひとくるま》乗後れたものと見えた。同じ方角へ行く人が同じ車に乗合せたとて、偶然でもない、不思議でもない。

私は黙って又も雑誌を読み始めた。彼は黙って車外を眺めていた。やがて電車が大師前に着くと、大勢がどやどやと降りる。その混雑に紛れて、私は彼の姿を見失ってしまった。相変らず賑やかな掛茶屋や玩具屋の前を通りぬけて、大師堂に参詣するまでに、私は別に物語るべき材料をもたなかった。

境内の桜は一重が多いと見えて、池のあたりの花はもう白く咲いていた。池の水は少しく濁っていたが、幾羽の白い鳥が悠々と泳いでいるのは、さながら絵にありそうな姿に見えた。池の岸には男や女や小児《こども》が大勢立っていた。若い女が手を叩いて緋鯉を呼んでいた。

今までは暖い平穏《おだやか》な天気であったが、私が大師堂の山門をくぐる頃から段々に風が吹き出して、掛茶屋の花暖簾がばたばたと鳴り始めた。私が唯ある桜の木の下に立っていると、枝をゆする一陣の強い風は、眼に見えぬ手を伸して私の帽子を攫って行った。引攫って地に投げ付けて、更に蹴飛すようにころころと転がして行った。二、三間《げん》先は池である。私は驚いて跡を追おうとする時、岸に立つ大勢の中から衝《つ》と駆け出して来て、転げてゆく帽子の前に立塞った人がある。彼は自分の爪先へ飛んで来た帽子を片手に緊《しか》と摑んで、徐《しず》かに私の追い付くのを待っていた。

「どうも有がとうございました。」

私は礼を云いながら熟《よ》く視ると、彼は例の少年であった。名は知らないが、兎にかく先刻からの顔馴染である。彼は私の顔を見て意味ありげに笑った。私も笑って別れた。

境内を一巡して私は山門を出た。二町あまりも戻って、唯ある鮓屋《すしや》に休んでいると、やがて後から三人連の客が入って来た。一人は六十以上の品の好《い》いお婆さん、一人は二十四、五の若い細君風の婦人で、もう一人は例の少年であった。今までは一人であったらしいこの少年に、何《ど》うして俄《にわか》に二人の同伴《つれ》が出来たか判らないが、詞《ことば》の様子といい、その顔容《かおだち》から推量すると、若い細君は彼の姉らしく思われた。少年は私に向って目礼した。私も会釈した。

偶然もこう二度三度になって来ると、私も少しく不思議を感ぜざるを得ない。同じ道を往復する我々とは云いながら、八つ山から私と一所に電車に乗った人は大勢あった。大師へ参詣した人も大勢あった。その中でこの少年と私との二人は幾たびか逢うては別れ、別れては逢い、彼は私の行く先々へ恰《あたか》も影の如くに附纏って来るのである。普通の人は単にこれを偶然と云うかも知れないが、私の鋭い神経はこれを所謂偶然と認めることを拒んだ。どうしてもその以上の不思議が潜んでいるように感じられてならなかった。私は色々に考えながら夢のように鮓を食っていた。

先客の私の方が無論ここを先に出た。電車に乗って見廻わしたが、満員の車内に彼《か》の三人の顔は見えなかった。川崎へ着いて更に品川行の電車に乗替えた時にも、彼等の姿は見えなかった。老人と女連の三人は、私より一車か二車も後《おく》れたのであろう。

品川で京浜電車と縁の切れた私は春の海を眺めながら海岸に沿うてぶらぶら歩いた。帰途《かえり》に泉岳寺参詣を思い立ったからである。泉岳寺は今日から義士の祭典を行うとか云うので、境内は一方《ひとかた》ならぬ混雑であった。地方から来たらしい男や女がそこにもここにも群集《ぐんじゅ》していた。例に依て義士の墓に参詣して、だらだらの坂路を降りて来ると、手に線香を持った少年が登って来るのに礑《はた》と出逢った。線香の白い烟の中から見ると、それは彼《か》の少年であった。私は何だか怖ろしい者に出逢ったように感じて、早々に降りて来た。彼は何処まで私に附いて来るのであろう。

時は白昼である。また彼が妖怪変化でないことも明白であるが、兎角に彼と私とを繋ぎ合せようとするような不思議の糸が、この上にも際涯《はてし》なく纏い付き搦み付いて如何なる不思議の魔力を揮うかも知れない。その結果が善にもせよ、悪にもせよ。私はこの霊妙不可思議の糸に束縛されることに就て、一種云うべからざる不安を感じたのである。普通の人は以上の出来事に就て、別に何とも感じないかも知れない。寧ろ人間には有勝《ありがち》の事と思うかも知れない。或は私の神経質を笑うかも知れない。

私は泉岳寺前から電車に乗った。乗ると先ず車内を見渡した。若《もし》やまた例の糸が繋がっているかと……。

私は恐らく一種の神経衰弱にかかっているのであろう。

十五、六歳の頃より自分が見聞した事どもを、手当たり次第に手帳に記して置く。今は積んで幾冊にもなっている。歴史地理風俗詩歌俳諧天変地異妖怪変化、何でも構わずに書き留めてあるのだから、到底これを類別する訳には行かぬ。その中から好加減《いいかげん》に数項を拾い出して、左に列《なら》べて見る。固《もと》より同時に書いたものでないから、文体は甚だ不同である。右あらかじめ御承知を乞う。

髪切

婦人が睡眠中、或《あるい》は途中往来の道に、突然そのたぶさを切落とさるることあり、昔より之《これ》を髪切りと云いて、婦女は甚しく恐るる也。しかも男子にて此《この》難に逢いたる人あり。慶応四年四月二十日の夜、神田小川町の歩兵屯所に詰めいたる何某《なにがし》というが、夜半便所へ行かんとて縁側へ立ち出でたるに、何かは知らず黒きもののひらりと飛び来りて、何某が頭を礑《はた》と撲《う》ちたり。何某あッと驚きてその場に悶絶せしが、誰彼れの介抱にてようよう息を吹き返す。その髪の毛は髻《もとどり》よりふッと切れて、三尺ばかりあなたに落ちいたり。これは何の故たるを知らず。何某の話にては、右の恠物《かいぶつ》はその形猫の如く、その黒きこと天鵞絨の如くなりしとか。俗に髪切は猿の仕業なりなど云い伝うるは、かかる事より出でたるにや、余が父の縁者の娘、某藩邸に奉公せしが、或夜わが隣に打臥しいたる朋輩の女の髪突然に切れて落ちたり。余りのおそろしさに一同は声も出でざりしと云う。生理学上より見ても果して斯《かか》ることのあるものにや。但し昨今は更に此の噂を聞かず。

昔の化け物

古き頃はもろもろの妖怪変化を指して、すべて鬼という。盗賊のたぐいもまた鬼と呼ばれたり。それより世の進むに連れて、色々の化物の名が現われ来る。その中にても、新しきものは人皆知れば一々記さず。比較的古きものにて余の知れるを挙ぐれば、左の数種あり。

赤口ぬらりひょん。牛鬼。山彦おとろん。わいろうかん。目一つ坊。ぬっぺら坊。ぬり仏。ぬれ女。ひょうすべ。しょうけら。ふらり火。りうん坊。さかがみ。身の毛立ち。あふあふ。とうもこうも。猪の熊入道。大女坊。がんばり入道。

慶安の町触

慶安元年二月の江戸町触れに曰く、
一、町人祝言其外振舞之時、乞食ども参り何かと申候はば、打擲いたし、其上御番所へ可申上事。
一、町人蒔絵の乗鞍、並に糸鞍をかけ、乗り候こと無用たるべき事。
同二年七月十五日町触れに曰く、
一、町々の内にて踊など致候とて、必ず留めまじく候。盆にはいづれも賑ひ、踊り候まま、踊り可申候。但し喧嘩口論無之様申付候事。

僧侶の芝居

今より二十余年前に素人芝居流行したることあり。中にも面白かりしは、赤坂の福禄座（今の演伎座）に於て真宗の僧侶が芝居を催す、明治二十五年七月六日初日也、耶蘇退治と号して、一番目『弘法大師仮名譚』、中幕は八十川と車花ヶ嶽『土俵の晴業』、大切『扇屋熊谷』なりしが、この芝居甚だ不人気にて坊主丸損となりしやに聞けり。

曲亭馬琴

『世間話』という写本の随筆あり。安政二年花堂散人編と記しあれども、如何なる人にや詳《つまびら》かならず。同書の序によれば猶此外《このほか》に『風俗志』、『今様物語』、『六外狂歌集』、『俗語抄』等の著ありと云えど、余はいずれも知らず。無論、徳川の幕臣とは察せらるれど、その姓氏不明也。右の『世間話』の中に「中村伝蔵死罪」と題して、左の記事あり。真偽は知らねど珍しければ記して置く。敢て大家を傷けんとにはあらず。

予が母のゆかりの者、柳澤信濃守家来の妻なりけるが、其親類にやありけん、柳生但馬守家来に中村伝蔵といふ者あり。妻をおひでと云ひて、戯作者曲亭馬琴の妹なり。伝蔵憎体の男なりけるにや。茲に馬琴を嘲けりければ、馬琴心よからず思ひゐけるとなり。然るに伝蔵主家の金子を遊興に遣ひ果せしこと顕はれて罪せらるべきを、柳生の嫡男君あはれみ給ひ、窃かに逐電すべき旨内意を伝へければ、伝蔵妻に心の内を云ひ聞かせ、ひそかに落ち失せぬ。妻のお秀は兄馬琴が方へ引取り置き、何方へか再縁すべしとすすむれども、いなみて肯かず。馬琴云ふやう、左ほど再縁を否むは伝蔵と再び夫婦になるべき約束など致し置きたる故の事か、夫の行方知らぬことは有るまい、つつまず申せと度々云ひければ、伝蔵と仲好からねども兄の事なれば云ふとも悪しからじと思ひて、まことは伝蔵と時節を待って、もとの如く夫婦となるべき契約をなし置きぬ。伝蔵が居る処は何がしと云ふ寺にて、罪おそろしければ頭を剃り、出家に身を替へてあるなりと語るを聞きて、馬琴扨《さて》こそ推量の如くなれ、彼奴が為に義理立して妹が再縁をいなみ、己が厄介となりゐること腹立たし、この事訴人して呉れんと柳生家へ罷《まか》り出で、しかじかと訴へければ、早速に捕手をつかはし、伝蔵を召捕り、家法ゆるかせに成りがたく、遂に死罪にしてけり。お秀これを聞きて怨み怒り、かようの兄の世話にはなるまじとて、人を頼みて奉公に出でけるとかや。（原文のまま）

篠塚稲荷

柳橋の北の方に篠塚稲荷というあり。新田義貞が十六騎の一人たる篠塚稲荷伊賀守が奉祀せし神社なりと伝えらる。伊賀守は西国の軍敗れて、生国の武蔵にさまよい下り、浅草のほとりに隠れいたるが、ここに稲荷の祠《ほこら》ありければ日々参詣して、主家の再興を祈る。一夜霊夢の告《つげ》にて、新田の家も今の世にては再興覚束無しとありければ、伊賀守は望《のぞみ》を失い、帯したる国光の銘刀を神前に納め、斯《か》くなん詠めりける。

をしからぬ身をあづま路にさすらへて
神に誓を申しけるかな

斯くて身は剃髪して、祠のほとりに草庵を結び、此の稲荷に仕えて世を終りぬ。篠塚稲荷というは之が為なりとぞ。この歌、固より武人の口より出でたるなれば、詞句の妙はなけれど、真情流露とは誠に之をや云うならむ。運命は唯だ神のみぞ知る。人間の浅ましさには、迚《とて》も再興の望なき運命とは知らずして、あずまの果にさすらいつつ、只管《ひたすら》に神の助けを被りいたるよと、我を嘲り我を憫むの意、言外にあふれて、いつ読みても涙のこぼるるは此の歌也。古来名歌はあまたあり、読んで人を泣かしむること此の如きは蓋し其類多からず。独り此の伊賀守のみならず、神の眼より見る時は迚も叶い難き望なるを、人間は斯くとも知らずして或は苦み或は悶え、いたずらに空想を夢みて、其日を送りつつあるもの比々皆是れなり。「神に誓を申しける哉」は、実に人間を代表せる嗟嘆の声也。

俳諧と和歌

芭蕉の「夏草や兵者共の夢の跡」を、藤原万伎が和歌にかえて詠める。

もののふの草むす屍《かばね》年古りて
　　秋風さむしきちかうの原

貞室の「これはこれはとばかり花の吉野山」を、清水浜臣が和歌にかえて詠める。

三吉野の吉野の山の花盛り

しばし物こそ云はれざりけれ

この歌二首、共に原作を凌ぐと称せらる。予は門外漢也、果して当れるや否やを知らず。

兄坂弟坂

『敵討襤褸錦』は有名の浄瑠璃也。作者三好松洛が其中の道行『対の花かひらぎ』を書きたるに、「急げば廻る車坂、いそがぬ顔でぶらぶら」と、のぼる兄坂弟坂、親の仇を待ちし身はという文句あり。人形使いの一人が難じて「われ等は備後の鞆の生れなるが、其のあたりに車坂、兄坂、弟坂など云う地名無し」と云う。松洛冷笑いて「成程、今までは有るまいけれど、今に見られよ、此の作が流行せば必ず其のやうなる地名が跡から出来るもの也」と答えしとぞ。事実に囚われぬ松洛は流石に名作者なりけり。平賀源内が矢口渡の浄瑠璃にて「六郷は近き世よりの渡にて」と勝手に決めてしまいしも、これと同様也。しかも世にいう名所古蹟などには斯《かか》るたぐいも多かるべしと察せらる。

雪女

越後の雪女郎は昔より云うこと也。烈しき風が地に積む雪を吹き巻きて、空に飛ぶ雪と相乱れて舞い颺る。その形は白朦朧として、宛がら白き女のたたずめるかとも見ゆる也。彼の海坊主と云えるも、海上に於ける濃霧の作用にて、予も玄界灘を船行中に、大入道の如きものが船端に近くを屢々《しばしば》見たるが、大なるは高さ丈余もあるべく、薄黒き綿にて作りたる大坊主に能く似たり。満州にても北方へ行くに従って雪姑の怪を説く者多し。その伝説に云う、むかし清の太祖が奉天に都せる頃に、姜氏と呼べる愛妾ありき。姜氏は近侍の悪少年と情を通ぜしこと顕れ、少年は直ちに斬殺せられ、姜氏は雪中赤裸のままにて運河の水底に沈められたり。雪姑は即ち姜氏の幽魂にて、雪のふる夜に迷い出づ。これを見れば忽ち死すと云いて甚た恐る。時には屋内にも襲い入ることありて、雪のふる夜には家々の婦女小さくなりて夜を明かすという。例の馬賊は之を幸いに、白衣を着けて雪女に扮装し、婦女を嚇して攫い行くこと屢々ありとぞ。満州にては我が北越地方の如き大雪を見ること甚だ稀れなれば、吹雪の為に雪女郎の形が現ずる程のこと有りや無しや。これ等の怪談は恐く昔より盗賊どもが云い触らしたるならんか。

梅若の木造

予は先頃『梅若丸』の脚本を起稿するとて、色々の参考書まで調査したるに、『墨水消夏録』（文化二年、蘭州作）に左の記事あり。

江戸の工匠溝口内匠といふが予に語りけるは、其祖たまたま牛若丸の木像を作る。妙工の手に出でたる故、人これを所望して去れり。其木像いつの頃より彼の木母寺に納めたりけるか、梅若の像とせり。故に虎の皮の尻鞘かけたる太刀を佩びたりと語れり。内匠は寛政の頃まで六十余にて存生せり、云々。（原文のまま）

この事の真偽は知らず。予も過日木母寺に参詣したれば、寺僧に其事を問い糺さんかと思いしが、何とやらん気の毒にも思われてそのままにして止みたり。

蛇蛸

馬琴の『兎園小説』の中に、出雲の国にては蛸に化する蛇あるを記せり。これを見たる人の話に、一匹の黒き蛇が海に入りて浮かぶよと見る中に、やがて一匹の蛸となりぬ云々とあり。

この事甚だ奇怪なりと思いて、或時出雲の人に糺したるに、同地にては昔より左る伝説あり。即ち蛇が海中に入りて、半死半生の体にて浮ぶこと六、七日、次第にその形が変りて蛸と変ず。これを蛇蛸と云いて食う者無し。蛇蛸は普通の蛸に比すれば色甚だ蒼く、脚は六本或は七本にて、満足に八本揃いたるを見ず。されば同地方にては脚の不足せる蛸を見る時は、或は蛇の化身ならんかと危みて一切口にせずと云えり。動物学者の説を聞きたきもの也。

盲目の王

西暦千三百四十六年、英仏の両軍はクレッセーに於て大に戦う。英軍には彼のブラックプリンスありて、仏軍散々に追い敗らる。ボヘミヤの王は盲目なりけれども、仏軍の加勢として兵を出せり。味方の形勢危しと聞くや、王は左右の武士を顧みて、我を戦場へ案内せよ、敵に一撃を加えて死なんと云う。二人の武士は一議に及ばず、盲目の王が乗りたる馬を真中に立たせ、武士はその馬を左右に列べ、最期までも主従相離れぬように、三人が馬の手綱を緊と結び付け、直驀地に敵中へ駆け入りて、枕を駢べて討死す。これ有名の物語也。

予は此の歴史を読む毎に、彼の盲目王が関ヶ原の戦に於ける土谷刑部に能く似たるを思う。刑部の義は盲目王に等しく、湯浅伍介の忠は二人の武士に劣らず。しかも刑部は自殺せり、盲目王は敵地に駆入って討死せり。刑部は消極的也、盲目王は積極的也、東西人情の相違を見るべし。

人相と手相

人相と云い、手相と云うもの、一概に侮り笑うべからず、時には偶中する事もあるものありと、己が父曾て語れり。

父はまだ若かりし頃、予《かね》て心安き内藤藩の若侍と二人連にて御殿山の桜を見物し、帰途高輪の茶店にて酒を飲みいたるに、門に立ちたる一人の僧あり。連の侍の面相を眺めて暫く思案しいたるが、やがてつかつかと入り来りて、失礼ながら御身の手の筋を拝見したしと云う。侍も少しく酔いたれば笑いながら手を出したるに、僧はつくづくと打眺めて眉を顰《ひそ》め、御身は斯《かか》る所に長居すべきにあらず、酒など止めて早くに帰りたまえと云う。そなたは笑うて取合わず、僧も斯く云い捨てて立去れり。かくてその日の暮るる頃帰宅したるに、彼の侍の実父は国許にて死去したる旨早使にて知らせ来れり。僧の云いたること思い当りて、これには二人も流石に顔を見合せたりという。適中か偶中か、不思議のこともあるもの也。

山霧

上

妙義町《みょうぎまち》の菱屋《ひしや》の門口《かどぐち》で草鞋《わらじ》を穿《は》いていると、宿の女が菅笠《すげがさ》をかぶった四十五、六の案内者を呼んで来て呉れました。ゆうべの雷《かみなり》は幸いに止みましたが、きょうも雨を運びそうな薄黒い雲が低く迷って、山も麓も一面の霧に包まれています。案内者と私は笠を列《なら》べて、霧の中を爪先上《つま》りに登って行きました。

私は初めてこの山に登る者です。案内者は当然の順序として、先《ま》ずわたしを白雲山《はくうんざん》の妙義神社に導きました。社殿は高い石段の上に聳《そび》えていて、小さい日光《にっこう》ともいうべき建物です。こういう場所には必ずあるべき筈の杉の大樹が、天と地とを繋ぎ合せるように高く高く生い茂って、社前にぬかずく参拝者の頭《かしら》の上をこんもりと暗くしています。私達はその暗い木の下蔭を辿って、山の頂きへと急ぎました。

杉の林は尽きて、更に雑木《ぞうき》の林となりました。路《みち》の傍《はた》には秋の花が咲き乱れて、芒《すすき》の青い葉は旅人《たびびと》の袖にからんで引止めようとします。どこやらでは鶯《うぐいす》が鳴いています。相も変らぬ爪先上りに少しく倦《う》んで来た私は、小さい岩に腰を下ろして巻莨《まきたばこ》をすい初めました。霧が深いので燐寸がすぐに消えます。案内者も立停って同じく煙管《きせる》を取出しました。

案内者は正直そうな男で、煙草の烟を吹く合間に色々の話をして聞かせました。妙義登山者は年々殖《ふ》える方であるが暑中は比較的に尠ない、一年中で最も登山者の多いのは十月の紅葉の時節で、一日に二百人以上も登ることがある。しかし昔に比べると、妙義の町は大層衰えたそうで、二十年前までは二百戸以上を数えた人家が今では僅《わず》かに三十二戸に減ってしまったと云います。

「何しろ貸座敷が無くなったので、すっかり寂《さび》れてしまいましたよ。」

「そうかねえ。」

わたしは巻莨の吸殻《すいがら》を捨てて起つと、案内者もつづいて歩き出しました。山霧は深い谷の底から音も無しに動いて来ました。

案内者は振返りながら又話しました。上州《じょうしゅう》一円に廃娼を実行したのは明治二十三年の春で、その当時妙義の町には八戸の妓楼《ぎろう》と四十七人の娼妓があった。妓楼の多くは取毀《こわ》されて桑畑となってしまった。磯部《いそべ》や松井田《まついだ》から通って来る若い人々のそそり唄も聞えなくなった。秋になると桑畑には一面に虫が鳴く。こうして妙義の町は年毎に衰えてゆく。

谷川の音が俄に高くなったので、話声はここで一旦消されてしまいました。頂上の方から咽《むせ》び落ちて来る水が岩や樹の根に堰《せ》かれて、狭い山路を横ぎって乱れて飛ぶので、草鞋《わらじ》を湿《ぬ》らさずに過ぎる訳には行きませんでした。案内者は小さい石の上をひょいひょいと飛び越えて行きます。私もおぼつかない足取りでその後を追いましたが、草鞋は湿《ぬ》れて好加減に重くなりました。

水の音を背後《うしろ》に聞きながら、案内者はまた話し出しました。維新前の妙義町は更に繁昌したものだそうで、普通の中仙道は松井田から坂本《さかもと》、軽井沢《かるいざわ》、沓掛《くつかけ》の宿々《しゅくじゅく》を経て追分《おいわけ》にかかるのが順路ですが、そのあいだには横川《よこかわ》の番所があり、碓氷《うすい》の関所があるので、旅人のある者はそれ等の面倒を避けて妙義の町から山伝いに信州の追分へ出る。つまり此の町が関の裏路になっていたのです。山懐の夕暮に歩み疲れた若い旅人が青黒い杉の木立《こだち》の間から、妓楼の赤い格子を仰ぎ視た時には、沙漠でオアシスを見出したように、彼等は忙《いそ》がわしくその軒下に駈け込んで、色の白い山の女に草鞋の紐《ひも》を解かせたでしょう。

「その頃は町も大層賑かだったと、年寄が云いますよ。」

「つまり筑波《つくば》の町のような工合だね。」

「まあ、そうでしょうよ。」

霧はいよいよ深くなって、路を遮る立木の梢《こずえ》から冷い雫《しずく》がばらばらと笠の上に降って来ました。草鞋はだんだんに重くなりました。

「旦那、気をおつけなさい。こういう陰った日には山蛭《やまびる》が出ます。」

「蛭が出る。」

私は慌てて自分の手足を見廻すと、たった今、ひやりとしたのは樹の雫ばかりではありませんでした。普通よりは稍《や》大きいかと思われる山蛭が、足袋と脚絆との間を狙って、左の足首にしっかりと吸い付いていました。吸い付いたが最期、容易に離れまいとするのを無理に引きちぎって投げ捨てると、三角に裂けた疵口《きずぐち》から真紅《まっか》な血が止度もなしにぽとぽとと流れて出ます。

「いつの間にか、やられた。」

こう云いながら不図気が付くと、左の腕もむずむずするようです。袖を捲って覗いて見ると、どこから這い込んだのか二の腕にも黒いのが又一匹。慌てて取って捨てましたが、ここからも血が湧いて出ます。案内者の話によると、蛭の出るのは夏季の陰った日に限るので、晴れた日には決して姿を見せない。丁度きょうのような陰って湿った日に出るのだそうで、私はまことに有難い日に来合せたのでした。

何しろ血が止まらないのには困りました。見て居る中に左の手はぬらぬらして真紅になります。もう少しの御辛抱ですと云いながら案内者は足を早めて登って行きます。私もつづいて急ぎました。路はやがて下《くだ》りになったようですが、わたしはその「もう少し」という処を目的《めあて》に、唯夢中で足を早めて行きましたから能くは記憶していません。それから愛宕《あたご》神社の鳥居というのが眼に入りました。ここから路は二筋に分れているのを、私達は右へ取って登りました。路はだんだんに嶮《けわ》しくなって来て、岩の多いのが眼につきました。

妙義葡萄酒《ぶどうしゅ》醸造所というのに辿《たど》り着いて、二人は縁台に腰をかけました。家のうしろには葡萄園があるそうですが、表構えは茶店のような作り方で、ここでは登山者に無代《ただ》で梅酒というのを飲ませます。喉《のど》が渇いているので、私は舌鼓を打って遠慮なしに二、三杯飲みました。その間に案内者は家内から藁《わら》を二、三本貰って来て、藁の節を蛭の吸口に当てて堅く縛って呉れました。これは何処でも行《や》ることで、蛭の吸口から流れる血はこうして止めるより他は無いのです。血が止まって、わたしも先ずほっとしました。

それにしても手足に付いた血の痕《あと》を始末しなければなりません。足の方は左のみでもありませんでしたが、手の方はべっとり紅くなっています。水を貰って洗おうとすると、ただ洗っても取れるものではない、一旦は水を口に啣《ふく》んで、所謂啣《ふく》み水《みず》にして手拭《てぬぐい》か紙に湿《しめ》し、徐《しず》かに拭き取るのが一番宜しいと、案内者が教えて呉れました。その通りにしてハンカチーフで拭き取ると、成ほど綺麗に消えてしまいました。

「昔は蛭に吸われた旅の人は、妙義の女郎の啣み水で洗って貰ったもんです。」

案内者は烟草を吸いながら笑いました。わたしも先刻《さっき》の話を思い出さずにはいられませんでした。

信州路から上州へ越えて行く旅人が、この山蛭に吸われた腕の血を妙義の女に洗って貰ったのは、昔から沢山あったに相違ありません。うす暗い座敷で行灯《あんどう》の火が山風にゆれています。江戸絵を貼った屏風《びょうぶ》をうしろにして、若い旅人が白い腕をまくっていると、若い遊女が紅さした口に水を啣んで、これをみす紙《がみ》に浸して男の腕を拭いています。窓の外では谷川の音が聞えます。こんな舞台が私の眼の前に夢のように開かれました。

しかもその美しい夢は忽ちに破られました。案内者は笠を持って起《た》ち上がりました。

「さあ、日那、ちっと急ぎましょう。霧がだんだんに深くなって来ます。」

旅人と遊女の舞台は霧に隠されてしまいました。わたしも草鞋の紐を結び直して起ちました。足下には岩が多くなって来ました。頭の上には樹がいよいよ繁って来ました。私は山蛭を恐れながら進みました。谷に近い森の奥では懸巣《かけす》が頻《しき》りに鳴いています。鸚鵡《おうむ》のように人の口真似をする鳥だとは聞いていましたが、見るのは初度《はじめて》です。枝から枝へ飛び移るのを見ると、形は鳩《はと》のようで、腹のうす赤い、羽のうす黒い鳥でした。小鳥を捕って食う悪鳥だと云うことです。じいじいと云う鳴く音《ね》を立てて、何だか寂しい声です。

岩が尽きると、又冷い土の路になりました。一足踏む毎に、土の底から滲み出すような湿《うるお》いが草鞋に深く浸み透って来ます。狭い路の両側には芒《すすき》や野菊のたぐいが見果てもなく繁り合って、長く長く続いています。ここらの山吹《やまぶき》は一重が多いと見えて、皆《みん》な黒い実を着けていました。

よくは判りませんが、一旦下ってから更に半里ぐらいも登ったでしょう。坂路は余ほど急になって、仰げば高い窟《いわや》の上に一本の大きな松の木が見えました。これが中《なか》の嶽《たけ》の一本松と云うので、我々は既に第二の金洞山《きんとうざん》に踏み入っていたのです。金洞山は普通に中の岳と云うそうです。ここから第三の金雞山《きんけいざん》は真正面に見えるのだそうですが、この時に霧はいよいよ深くなって来て、正面の山どころか、自分が今立っている所の一本杉の大樹さえも、半分から上は消えるように隠れてしまって、枝を拡げた梢は雲に駕《の》る妖怪のように、不思議な形をして唯朦朧《もうろう》と宙に泛《うか》んでいるばかりです。峰も谷も既《も》う何にも見えなくなってしまいました。「山あひの霧はさながら海に似て」という古人の歌に嘘はありません。しかも浪かと誤まる松風の声は聞えませんでした。山の中は気味の悪いほどに静まり返って、唯遠い谷底で水の音がひびくばかりです。ここでも鶯の声を時々に聞きました。

下

一本杉の下《もと》には金洞舎という家があります。この山の所有者の住居《すまい》で、傍ら登山者の休憩所に充ててあるのです。二人はここの縁台を仮りて弁当をつかいました。弁当は菱屋で拵《こしら》えて呉れたもので、山女《やまめ》の塩辛く煮たのと、玉子焼と蓮根《れんこん》と奈良漬の胡瓜《きゅうり》とを菜《さい》にして、腹の空いている私は、折詰の飯を一粒も残さずに食ってしまいました。私はここで絵葉書を買って記念のスタンプを捺《お》して貰いました。東京の友達にその絵葉書を送ろうと思って、衣兜《かくし》から万年筆を取り出して書き初めると、恰もそれを覗き込むように、冷たい霧は黙ってすうと近寄って来て、私の足から膝へ、膝から胸へと、だんだん這い上って来ます。葉書の表は見る見る湿《ぬ》れて、インキは傍から流れてしまいます。私は癇癪《かんしゃく》を起して書くのを止めました。そうして、自分も案内者もこの家も、併せて押流して行きそうな山霧の波に向き合って立ちました。

わたしは日露戦役の当時、玄海灘《げんかいなだ》でおそろしい濃霧に逢ったことを思い出しました。海の霧は山よりも深く、甲板の上で一尺先に立っている人の顔もよく見えない程でした。それから見ると、今日の霧などは殆ど比べ物にならない位ですが、その時と今とは此方《こっち》の覚悟が違います。戦時のように緊張した気分をもっていない今の私は、この山霧に対しても甚だしく悩まされました。

二人がここを出ようとすると、下の方から七人連の若い人が来ました。磯部の鉱泉宿で昨夜《ゆうべ》一所になった日本橋辺の人達です。これも無論に案内者を雇っていましたが、行く路は一つですから此方《こっち》も一所になって登りました。途中に菅公硯《すずり》の水というのがあります。菅原《すがわら》道真《みちざね》は七歳の時までこの麓に住んでいたのだそうで、麓には今も菅原村の名が残っていると云います。案内者は正直な男で、「まあ、兎も角も、そう云う伝説《いいつたえ》になっています。」と、余り勿体《もったい》振らずに説明して呉れました。

「さあ、来たぞ。」

前の方で大きな声をする人があるので、わたしも気が注いて見あげると、名に負う第一の石門《せきもん》は蹄鉄《ていてつ》のような形をして、霧の間から屹《きっ》と聳《そび》えていました。高さ十丈《じょう》に近いとか云います。見聞《けんもん》の狭い私は、初めてこういう自然の威力の前に立ったのですから、唯あっと云ったばかりで、鳥渡《ちょっと》適当な形容詞を考え出すのに苦しんでいる中に、彼の七人連も案内者も先きに立ってずんずん行き過ぎてしまいます。私も後れまいと足を早めました。案内者を併せて十人の人間は、鯨《くじら》に呑まれる鰯《いわし》の群のように、石門の大きな口へ段々に吸い込まれてしまいました。第一の石門を出る頃から、岩の多い路は著るしく屈曲して、或は高く、或は低く、更に半月形をなした第二の石門をくぐると、蟹《かに》の横這いとか、釣瓶《つるべ》下りとか、片手繰りとか、色々の名が付いた難所に差蒐《さしかか》るのです。何しろ碌々《ろくろく》に足がかりも無いような高い滑らかな岩の間を、長い鉄の鎖に縋って降りるのですから、余り楽ではありません。案内者はこんなことを云って嚇《おど》かしました。

「今は草や木が茂っていて、遠い谷底が見えないからまだ楽です。山が骨ばかりになってしまって、下の方が遠く幽《かす》かに見えた日には、大抵な人は足がすくみますよ。」

成ほど然《そう》かも知れません。第二第三の石門を潜り抜ける間は、私も少しく不安に思いました。皆《みん》なも黙って歩きました。若し誤って一足踏み外せば、私もこの紀行を書くの自由を失ってしまわなければなりません。第四の石門まで登り詰めて、武尊岩《ぶそんいわ》の前に立った時には、人も我も汗びっしょりになっていました。日本武尊《やまとたけるのみこと》もこの岩まで登って来て引返されたと云うので、武尊岩の名が残っているのだそうです。その傍には天狗の花畑というのがあります。今いずこの深山《みやま》にもある習で、四季ともに花が絶えないのでこの名が伝わったのでしょう。今は米躑躅《こめつつじ》の細い花が咲いていていました。

日本武尊に倣って、私もここから引返しました。当人が強て行きたいと望めば格別、左もなければ妄《みだ》りにこれから先へは案内するなと、警察から案内者に云い渡してあるのだそうです。

下山《げざん》の途中は比較的に楽でした。来た時とは全く別の方向を取って、水の多い谷底の方へ暫《しばら》く降って行きますと、更に草や木の多い普通の山路に出ました。どんなに陰《くも》った日でも、正午前後には一旦は明るくなるのだそうですが、今日は生憎に霧が晴れませんでした。面白そうに何か騒いでいる彼《か》の七人連をあとに残して、案内者と私とは霧の中を急いで降りました。足の方が少しく楽になったので、私はまた例のお饒舌《しゃべり》を初めますと、案内者も快く相手になって、帰途《かえり》にも色々の話をして呉れました。その中にこんな悲劇がありました。

「旦那は妙義神社の前に田沼《たぬま》神官の碑というのが建っているのを御覧でしたろう。あの人は可哀想に斬殺《きりころ》されたんです。明治三十一年の一月二十一日に……。」

「どうして斬られたんだね。」

「相手はまあ狂人ですね。神官の他に六人も斬ったんですもの。それは大変な騒ぎでしたよ。」

妙義町開けて以来の椿事《ちんじ》だと案内者は云いました。その日は大雪の降った日で、正午を過ぎる頃に神社の外で何か大きな声を出して叫ぶ者がありました。神官の田沼万次郎《まんじろう》が怪んで、折柄そこに居合せた宿屋の番頭に行って見て来いと云い付けました。番頭が行って見ると、一人の若い男が祖《はだ》ぬぎになって雪の中に立っているのです。その様子が何《ど》うも可怪《おかし》いので、お前は誰だと声をかけるとその男は突然《いきなり》に刀を引き抜いて番頭を目がけて斬って蒐《かか》りました。番頭は驚いて逃げたので幸いに無事でしたが、その騒ぎを聞いて社務所から駈付けて来た山伏の何某《なにがし》は、出合頭に一太刀斬られて倒れました。これが第一の犠牲でした。

男はそれから血刀を振翳《ふりかざ》して、真驀地《まっしぐら》に社務所へ飛び込みました。そうして不意に驚く人々を片端から追い詰めて、当るに任せて斬捲《きりまく》ったのです。田沼神官と下女とは庭に倒れました。神官の兄と弟は敵を捕えようとして内と庭とで斬られました。まだその他にも二人の負傷者が出来ました。庭から門前の雪は一面に紅く浸されて、見るから物すごい光景を現じました。血に狂った男はまだ鎮らないで、相手嫌わずに雪の中を追廻すのですから、町の騒ぎは大変でした。

半鐘が鳴る。消防夫が駈付ける。町の者は思い思いの武器を持って集る。四方八方から大勢が取囲んで攻め立てたのですが、相手は死物狂いで容易に手に負えません。その中に一人の撃《う》ったピストルが男の足に中《あた》って思わず小膝を折った処へ、他《た》の一人の槍がその脇腹に向って突いて来ました。もうこれ迄《まで》です。男の血は槍や鳶口《とびぐち》や棒や鋤《すき》や鍬《くわ》を染めて、身体《からだ》は雪に埋められました。検視の来る頃には男はもう死んでいました。

神官と山伏と下女とは即死です。ほかの四人は重傷ながら幸いに命を繋ぎ止めました。私の案内者も負傷者を病院へ運んだ一人だそうです。

「そこで、その男は何者だね。」

わたしは縁台に腰をかけながら訊きました。下りの路も途中からは旧来《もと》た路と一つになって、私達は再び一本杉の金洞舎の前に出たのです。案内者も腰を卸して、茶を飲みながら又話しました。

磯部から妙義へ登る途中に、西横野《にしよこの》という村があります。彼《か》の惨劇の主人公はこの村の生れで、前年の冬に習志野《ならしの》の聯隊《れんたい》から除隊になって戻って来た男です。この男の兄というのは去年から行方不明になっているので、母も大層心配していました。すると、前に云った二十一日の朝、彼は突然に母に向って、これから妙義へ登ると云い出したのです。この大雪に何《ど》うしたのかと母が不思議がりますと、実は昨夜《ゆうべ》兄《にい》さんに逢ったと云うのです。ゆうべの夢に、妙義の奥の箱淵《はこぶち》という所へ行くと、黒い淵の底から兄さんが出て来て、俺に逢いたければ明日《あした》ここへ尋ねて来て、淵に向って大きな声で俺を呼べ、きっと姿を見せて遣ろうと云う。そんなら行こうと堅く約束したのだから、どうしても行かなければならないと云い張って、母が止めるのも肯《き》かずに到頭出て行ったのです。それから何《ど》うしたのか能くは判りません。人を斬った刀は駐在所の巡査の剣を盗み出したのだと云います。

しかしその箱淵へ尋ねて行く途中であったのか、或は淵に臨んで幾たびか兄を呼んでも答えられずに、空しく帰る途中であったのか、それ等のことは矢はり判りません。兎にかくに意趣《いしゅ》も遺恨もない人間を七人までも斬ったと云うのは考えてもおそろしい事です。気が狂ったに相違ありますまい。しかも大雪のふる日に妙義の奥に分け登って、底の知れない淵に向って恋しい兄の名を呼ぼうとした弟の心を思い遣れば、何だか悲しい悼《いた》ましい気もします。殺された人々は無論気の毒です。殺した人も可哀そうです。その箱淵という所へ行って見たいような気もしましたが、ずっと遠い山奥だと聞きましたから止めました。

帰途《かえり》にも葡萄酒醸造所に寄って、再び梅酒の御馳走になりました。アルコールが入っていないのですから、私には口当りが大層好《よ》いのです。少々ばかりのお茶代を差置いてここを出る頃には、霧も雨に変って来たようですから、いよいよ急いで宿へ帰り着いたのは丁度午後三時でした。登山したのは午前九時頃でしたから、彼是六時間ほどを山巡りに費した勘定です。

菱屋で暫く休息して、私は日の暮れない中に磯部へ戻ることにしました。案内者に別れて、菱屋の門《かど》を出ると、笠の上にはぽつぽつと云う音が聞えます。蛭ではありません、雨の音です。山の上からは冷たい風が吹き下して来ました。貸座敷の跡だと云うあたりには、桑の葉が湿れて戦《そよ》いでいました。

江戸の化物

池袋の女※

江戸の代表的怪談といえば、まず第一に池袋の女というものを挙げなければなりません。

今日の池袋の人からは抗議が出るかもしれませんが、どういうものか、この池袋の女を女中などに使いますと、きっと何か異変があると言い伝えられて、武家屋敷などでは絶対に池袋の女を使わないことにしていたということです。また、町家などでも池袋の女を使うことを嫌がりましたので、池袋の女の方でも池袋ということを隠して、大抵は板橋とか雑司ヶ谷とかいって奉公に出ていたのだそうです。

それも、女が無事におとなしく勤めている分には別になんの仔細もなかったのですが、もし男と関係でもしようものなら、忽ち怪異が頻々《ひんぴん》として起こるというのです。

これは、池袋の女が七面様の氏子なので、その祟だといわれていましたが、それならば不《ふ》埒《らち》を働いた当人、即ち池袋の女に祟ればよさそうなものですが、本人にはなんの祟もなくて、必ずその女の使われている家へ祟るのだそうです。まったく理窟では判断がつきませんが、まず家が揺れたり、自然に襖《ふすま》が開いたり、障子の紙が破れたり、行灯《あんどん》が天井に吸い付いたり、そこらにある物が躍《おど》ったり、いろいろの不思議があるといいます。

こういうことがあると、まず第一に池袋の女を詮議することになっていましたが、果してその蔭には必ず池袋の女が忍んでいたということです。

これは私の父なども親しく見たということですが、麻布の龍土町（いまの港区六本木七丁目六〜八番）に内藤紀伊守の下屋敷がありました。この下屋敷というところは、多く女子供などが住んでいるのです。

ある夜のことでした。何処からとなく沢山の蛙が出て来てぴょこぴょこと闇に動いていましたが、いつとはなしに女たちの寝ている蚊帳《かや》の上にあがって、じっとつくばっていたということです。それを見た女たちの騒ぎは、どんなであったでしょう。

すると、こんどは家がぐらぐらとぐらつき出したので、騒ぎはますます大きくなって、上屋敷からも武士が出張するし、また他藩の武士の見物に行った者などが交じって、そこらを調べて見ましたが、さっぱり訳が判りません。そこで狐狸《こり》の仕業ということになって屋敷中を狩り立てましたが、狐や狸はさておき、かわうそ一疋《いっぴき》も出なかったということです。で、その夜は十畳ばかりの屋敷に十四、五人の武士が不寝番《ねずのばん》をすることになりました。

ところが、夜もだんだん更けゆくにつれ、行灯の火影も薄暗くなって、自然と首が下がるような心持になると、どこからとなく、ぱたりぱたりと石が落ちてくるのです。皆の者がしゃんとしている間は何事もないのですが、つい知らずに首が下がるにつれて、ぱたりぱたりと石が落ちてくるので、「これはどうしても狐狸の仕業に相違ない。ためしに空鉄砲を放してみよう」といって、井上某が鉄砲を取りに立とうとすると、ぽかりと切石が眉間《みけん》に当たって倒れました。

こんどは他の者が代わって立とうとすると、また、その者の横鬢《よこびん》のところに切石が当たったので、もう誰も鉄砲を取りに行こうという者もありません。互いに顔を見合わせているばかりでしたが、ある一人が「石の落ちてくるところは、どうも天井らしい」と、いい終わるか終わらぬうちに、ぱっと畳の間から火が吹き出したそうです。

こういうような怪異のことが、約三月くらい続いているうちに、ふとかの地袋の女ということに気がついて、下屋敷の女たちを厳重に取調べたところが、果して池袋から来ている女中があって、それが出入りの者と密通していたということが知れました。

で、この女中を追い出してしまいますと、まるで嘘のように不思議なことが止んだということです。

これも塚原渋柿園翁《じゅうしえん》の直話《じきわ》ですが、牛込の江戸川橋のそばに矢柄《やがら》何某という槍の先生がありました。この家に板橋在の者だといって住み込んだ女中がありましたが、どうも池袋の女らしいので、そのことを細君から主人に告げて、今のうちに暇を出してしまいたいといいますと、さすがは槍の先生だけあって、「実は池袋の女の不思議を見たいと思っていたのだが、ちょうど幸いである。そのままにしておけ」ということで、細君も仕方なしに知らぬ振りをしていましたが、別になんのこともなかったそうです。

ところがある日、主人公が食事をしている時でした。給仕をしている細君があわてて飯櫃《めしびつ》を押さえていますので、どうしたのかと聞くと、飯櫃がぐるぐる廻り出したというのです。

矢柄先生はそれを非常に面白がられて、ぐるぐると廻っている飯櫃をじっと見ていましたが、やがて庭の方の障子を開けますと、飯櫃はころころと庭に転げ落ちて、だんだん往来の方へ転げて行きます。で、稽古に来ている門弟たちを呼んでそのあとをつけさせますと、飯櫃は中の橋の真ん中に止まって、逆様《さかさま》に伏せって動かなくなったので、それを取ってみますとすっかり飯が減っていたということです。

これを調べて見ると、その池袋の女中が近所の若い者といたずらをしていたということが判りました。女中も驚いて自分から暇を取ろうとしましたが、先生は面白がってどうしても暇をやらなかったので、とうとういたたまらなくなって、女も無断で逃げていってしまったということです。この種の怪談が江戸時代にも沢山ありました。

天狗や狐憑き、河童など※

天狗に攫《さら》われるということも、随分沢山あったそうです。もちろんこれには嘘もあり、本当もあり、一概にはいえないのですが、とにかくに天狗に攫われるような者は、いつもぼんやりして意識の明瞭を欠いていた者が多かったそうです。従って、「あいつは天狗に攫われそうな奴だ」というような言葉があったくらいです。これは十日くらいの間、行方不明になっていて、どこからかふらりと戻って来るのです。

これらは科学的に説明すれば、いろいろの解釈がつくのですが、江戸時代ではまず怪談の一つとして数えていました。

狐憑《きつねつき》、これもなかなか多かったようですが、一種の神経衰弱者だったのでしょう。この時代には「狐憑」もあれば、「狐使い」もありました。狐を使う者は飯綱《いいづな》の行者だと言い伝えられていました。そのほかに管狐《くだぎつね》を使う者もありました。

管狐というのは、わざわざ伏見の稲荷へ行って管の中へ狐を入れて来るので、管の中へ入れられた狐は管から出してくれといって、途中で泣き騒いでいたということですが、もう箱根を越すと静かになるそうです。

昔は狐使いなどといって、他に嫌がられながらも一方にはまた恐れられ、種々の祈禱料などをもらっていたのですが、今日では狐を使う行者などは跡を絶ちました。

この狐憑は、狐が落ちさえすればけろりと治ってしまいますが、治らずに死ぬ者もありました。

河童《かっぱ》は筑後の柳川が本場だとか聞いていますが、江戸でも盛んにその名を拡めています。これはかわうそと亀とを合併して河童といっていたらしく、川の中で足などに搦《から》みつくのは大抵は亀だそうです。

この河童というものが、江戸付近の川筋にはよく出たものです。どういう訳か、葛西《かさい》の源兵衛（源兵衛堀——いまの北十間《じっけん》川のこと）が名所になっています。

徳川の家来に福島何某《なにがし》という武士がありました。ある雨の夜でしたが、虎の門の濠端《ほりばた》を歩いていました。この濠のところを俗にどんどんといって、溜池の水がどんどんと濠に落ちる落口になっていたのです。

その前を一人の小僧が傘もささずに、びしょびしょと雨に濡れながら裾を引き摺って歩いているので、つい見かねて「おい、尻を端折《はしょ》ったらどうだ」といってやりましたが、小僧は振り向きもしないので、こんどは命令的に「おい、尻を端折れ」といいましたが、小僧は相変わらず知らぬ顔をしています。で、つかつかと寄って、後ろから着物の裾をまくると、ぴかっと尻が光ったので、「おのれ」といいざま襟に手をかけて、どんどんの中へ投げ込みました。

が、あとで、もしそれが本当の小僧であっては可哀相だと思って、翌日そこへ行って見ましたが、それらしき死骸も浮いていなければ、そんな噂もなかったので、まったくかわうそだったのだろうと、他に語ったそうです。

芝の愛宕山の下〔桜川の大溝〕などでも、よくかわうそが出たということです。

それは多く雨の夜なのですが、差している傘の上にかわうそが取りつくので、非常に持ち重りがするということです。そうして顔などを引っ掻かれることなどがあったそうですが、武士などになると、そっと傘を手許に下げておよその見当をつけ、小柄《こづか》を抜いて傘越しにかわうそを刺し殺してしまったということです。

中村座の役者で、市川ちょび助という宙返《ちゅうがえ》りの名人がありました。やはり雨の降る晩でしたが、芝居がはねて本所の宅へ帰る途中で遭ったそうです。差している傘が石のように重くなって、ひと足も歩くことができなくなったので、持前の芸を出して、傘を差したまま宙返りをすると、かわうそが大地に叩きつけられて死んでいた、ということです。

日比谷の亀も有名でした。桜田見附から日比谷へ行く濠の底に大きい亀が棲《す》んでいたということで、この亀が浮き出すと濠一杯になったと言い伝えられています。亀が浮くと、龍《たつ》の口《くち》の火消屋敷の太鼓を打つことになっていました。その太鼓の音に驚いて、大亀は沈んでしまうといいます。しかし、その亀を見た者はないようです。

蝦蟇や朝顔屋敷など※

麻布の蝦蟇《がま》池（港区元麻布二丁目一〇番）、この池は山崎主税之助《ちからのすけ》という旗本の屋敷の中にありましたが、ある夏の夕暮でした。ここへ来客があって、池に向かった縁側のところで、茶を飲みながら話をしていましたが、そこへ置いてある菓子器の菓子が、夕闇の中をふいふいと池の方へ飛んでゆきます。二人は不思議に思って、菓子の飛んでゆく方へ眼をつけますと、池の中に大きな蝦蟇がいて、その蝦蟇が菓子を吸っているのでした。主人主税之助はひどく立腹して「翌日は池を替え、乾かしてしまう」と言いました。

するとその夜、主税之助が寝ているところへ池の蝦蟇がやって来まして、「どうか助けてくれ」と頼みました。そうして、「もし火事などのある場合には、水を吹いて火事を防ぐから」というようなことをいいました。

しかし、主税之助は、「ただ火事の時に水を吹いて火を消すというだけではいけない。それは俺《おれ》の一家の利益に過ぎない。なにか広い世間のためになることをするというならば許してやろう」といいますと、蝦蟇は、「では、火傷の呪を教えましょう」といって、火傷《やけど》の呪《まじない》を教えてくれたそうで、その伝授に基いて、山崎家から「上の字」のお守《まもり》を出していました。それが不思議に利くそうです。

お守は熨斗形《のしがた》の小さいもので、表面《おもて》に「上」という字を書いてその下に印を押してあります。その印のところで火傷を撫《な》でるのですが、なんでも印のところに秘方の薬がつけてあるということです。

錦袋園《きんたいえん》の娘、池の端《はた》（いまの台東区池之端一丁目一番、同上野二丁目一一・一二番）に錦袋園という有名な薬屋がありました。ここの娘は弁天様の申し子であったそうですが、ちょうど十八の時に不忍《しのばず》の池に入って池の主の大蛇になったと言い伝えられています。それが明治の初め頃まで不忍の池に棲《す》んでいたそうですが、明治になってから印旛沼《いんばぬま》の方へ移ってしまったといいます。

化物屋敷、これはとても数えきれません。一町内に一軒くらいずつはあったようです。まずその一例を挙げると、こんなものです。

朝顔屋敷、牛込の中山という旗本の屋敷ですが、ここでは絶対に朝顔を忌《い》んでいました。朝顔の花はもちろん、朝顔の模様、または朝顔類似のものでも、決して屋敷の中へは入れなかったということです。

それがために庭掃除をする仲間《ちゅうげん》が三人いて、夏になると毎日、庭の草を抜き捨てるのに忙しかったそうです。それは屋敷の中に朝顔の生えるのを恐れるからで、これほどに朝顔を忌む理由というのは、なんでも祖先のある人が妾《てかけ》を切った時に、妾の着ていた着物の模様に朝顔がついていたそうで、その後、この屋敷の中で朝顔を見ると、火事に遭うとか、病人がでるとか、お役御免になるとかで、きっと不祥のことが続いたということです。

百物語、これは槍、剣術の先生の宅などでよく催されましたが、一種の胆《きも》だめしです。これは御承知の通り、まず集まった人の数だけの灯心を行灯に入れて、順々に怪談を一席ずつ話して、一人の話が終わるごとに灯心を一本ずつ消してゆくのです。そして庭の淋しそうなところに、矢などを立てておいて、それを取りに行くそうですが、最後の灯心を消すと、なにか化物が出ると言い伝えられていました。

こんなのを一々数えていたら際限がありませんから、まずこのくらいのところにしておきましょう。

※「江戸の化物」の底本の親本『風俗江戸物語』（贅六堂、大正十一年）は綺堂に無断で発行されたもので、この見出しも綺堂が自ら付けたものか不明。

人形の趣味

××さん。

どこでお聞きになったのか知りませんが、わたしに何か人形の話をしろという御註文でしたが、実のところ、わたしは何も専門的に玩具《おもちゃ》や人形を研究したり蒐集《しゅうしゅう》したりしているわけではないのです。しかし私がおもちゃを好み、ことに人形を可愛がっているのは事実です。

勿論、人に吹聴《ふいちょう》するような珍しいものもないせいでもありますが、わたしはこれまで自分が人形を可愛がると云うようなことを、あまり吹聴したことはありません。竹田出雲《たけだいずも》は机のうえに人形をならべて浄瑠璃をかいたと伝えられています。イプセンのデスクの傍《わき》にも、熊が踊ったり、猫がオルガンを弾いたりしている人形が控えていたと云います。そんな先例が幾らもあるだけに、わたしも何んだかそれらの大家《たいか》の真似をしているように思われるのも忌《いや》ですから、なるべく人にも吹聴しないようにしていたのですが、書棚などの上にいっぱい列《なら》べてある人形が自然に人の眼について、二、三の雑誌にも玩具の話を書かされたことがあります。しかしそんなわけですから、わたしは単に人形の愛好者というだけのことで、人形の研究者や蒐集家でないことを最初にくれぐれもお断わり申して置きます。したがって、人形や玩具などに就いてなにかの通《つう》をならべるような資格はありません。

人形に限らず、わたしもすべて玩具のたぐいが子供のときから大好きで、縁日などへゆくと択《よ》り取りの二銭八厘の玩具をむやみに買いあつめて来たものでした。二銭八厘――なんだか奇妙な勘定ですが、わたしの子供の頃、明治十八、九年頃までは、どういう勘定から割り出して来たものか、縁日などで売っている安い玩具は、大抵二銭八厘と相場が決まっていたものでした。更に廉《やす》いのは一銭というのもありました。勿論、それより高価のもありましたが、われわれは大抵二銭八厘から五銭ぐらいの安物をよろこんで買いあつめました。今の子供たちにくらべると、これがほんとうの「幼稚《ようち》」と云うのかも知れません。しかし其の頃のおもちゃは大方すたれてしまって、たまたま縁日の夜店の前などに立っても、もう少年時代のむかしを偲《しの》ぶよすがはありません。とにかく子供のときからそんな習慣が付いているので、わたしは幾つになっても玩具や人形のたぐいに親しみをもっていて、十九《つづ》や二十歳《はたち》の大供《おおども》になってもやはり玩具屋を覗《のぞ》く癖が失《う》せませんでした。

そんな関係から、原稿などをかく場合にも、机の上に人形をならべるという習慣が自然に付きはじめたので、別に深い理屈があるわけでもなかったのです。しかし習慣というものは怖ろしいもので、それがだんだんに年を経るにしたがって、机の上に人形がないと何んだか物足らないような気分で、ひどく心さびしく感じられるようになってしまいました。それも二つや三つ列べるならばまだいいのですが、どうもそれでは物足らない。少なくも七つ八つ、十五か十六も雑然と陳列させるのですから、机の上の混雑はお話になりません。最初の頃は、脚本などをかく場合には、半紙の上に粗末な舞台面の図をかいて、俳優《やくしゃ》の代りにその人形をならべて、その位置や出入りなどを考えながら書いたものですが、今ではそんなことをしません。しかし何かしら人形が控えていないと、なんだか極《き》まりが付かないようで、どうも落ちついた気分になれません。小説をかく場合でもそうです。脚本にしろ、小説にしろ、なにかの原稿を書いていて、ひどく行き詰まったような場合には、棚から手あたり次第に人形をおろして来て、机の上に一面ならべます。自分の書いている原稿紙の上にまでごたごたと陳列します。そうすると、不思議にどうにかこうにか「窮すれば通ず」というようなことになりますから、どうしてもお人形さんに対して敬意を表さなければならないことになるのです。旅行をする場合でも、出先で仕事をすると判っている時にはかならず相当の人形を鞄《かばん》に入れて同道して行きます。

人形とわたしとの関係はそういうわけでありますから、仮りにも人形と名のつくものならば何んでもいいので、別に故事来歴《こじらいれき》などを詮議しているのではありません。要するに店仕舞いのおもちゃ屋という格で、二足三文の瓦楽多《がらくた》がただ雑然と押し合っているだけのことですから、何かおめずらしい人形がありますかなどと訊かれると、早速返事に困ります。それでたびたび赤面したことがあります。おもちゃ箱を引っくり返したようだというのは、全くわたしの書棚で、初めて来た人に、「お子供衆が余程たくさんおありですか」などと訊かれて、いよいよ赤面することがあります。

その瓦楽多のなかでも、わたしが一番可愛がっているのは、シナのあやつり人形の首で、これはちょっと面白いものです。先年三越呉服店で開かれた「劇に関する展覧会」にも出品したことがありました。この人形の首をはじめて見たのは、わたしが日露戦争に従軍した時、満洲の海城《かいじょう》の城外に老子《ろうし》の廟《びょう》があって、その祭日に人形をまわしに来たシナの芸人の箱のなかでした。わたしは例の癖がむらむらと起ったので、そのシナ人に談判して、五つ六つある首のなかから二つだけを無理に売って貰いました。なにしろ土焼きですから、よほど丁寧に保管していたのですが、戦場ではなかなか保護が届かないので、とうとう二つながら毀《こわ》れてしまいました。がっかりしたが仕方がないので、そのまま東京へ帰って来ますと、それから二年ほどたって、「木太刀」の星野麦人《ほしのばくじん》君の手を経て、神戸の堀江《ほりえ》君という未見の人からシナの操り人形の首を十二個送られました。これも三つばかりは毀れていましたが、南京《ナンキン》で買ったのだとか云うことで、わたしが満洲で見たものとちっとも変りませんでした。わたしは一旦紛失したお家《いえ》の宝物《ほうもつ》を再びたずね出したように喜んで、もろもろの瓦楽多のなかでも上坐に押し据えて、今でも最も敬意を表しています。殊にそのなかの孫悟空《そんごくう》は、わたしが申歳《さるどし》の生まれである因縁から、取分けて寵愛《ちょうあい》しているわけです。

そのほかの人形は――京《きょう》、伏見《ふしみ》、奈良《なら》、博多《はかた》、伊勢《いせ》、秋田《あきた》、山形《やまがた》など、どなたも御存知のものばかりで、例の今戸焼《いまどやき》もたくさんあります。シナ、シャム、インド、イギリス、フランスなども少しばかりあります。人形ではやはり伏見が面白いと思うのですが、近年は彩色などがだんだんに悪くなって来たようです。伏見の饅頭《まんじゅう》人形などは取分けて面白いと思います。伊勢の生子《うぶこ》人形も古風で雅味があります。庄内《しょうない》の小芥子《こけし》人形は遠い土地だけに余り世間に知られていないようですが、木製の至極粗末な人形で、赤ん坊のおしゃぶりのようなものですが、その裳《すそ》の方を持って肩をたたくと、その人形の首が丁度いい工合に肩の骨にコツコツとあたります。勿論、非常に小さいものもありますから、肩を叩くのが本来の目的ではありますまいが、その地方では大人でも湯治などに出かける時には持ってゆくと云います。こんなたぐいを穿索《せんさく》したら、各地方にいろいろの面白いものがありましょう。

広東《カントン》製の竹彫りの人形にもなかなか精巧に出来たのがあります。一つの竹の根でいろいろのものを彫り出すのですから、ずいぶん面倒なものであろうかと思いやられますが、わたしの持っているなかでは、蝦蟆《がま》仙人が最も器用に出来ています。先年外国へ行った時にも、なにか面白いものはないかと方々探しあるきましたが、どうもこれはと云うほどのものを見当りませんでした。戦争のために玩具の製造などはほとんど中止されてしまって、どこのおもちゃ屋にも日本製品が跋扈《ばっこ》しているというありさまで、うっかりすると外国からわざわざ日本製を買い込んで来ることになるので、わたしもひどく失望しました。フランスでちっとばかり買って来ましたけれど、取り立てて申し上げるほどのものではありません。

なにか特別の理由があって、一つの人形を大切にする人、または家重代《いえじゅうだい》というようなわけで古い人形を保存する人、一種の骨董《こっとう》趣味で古い人形をあつめる人、ただ何が無しに人形というものに趣味をもって、新古を問わずにあつめる人、かぞえたらばいろいろの種類があることでしょうが、わたしは勿論、その最後の種類に属すべきものです。で、甚だ我田引水《がでんいんすい》のようですが、特別の知識をもって秩序的に研究する人は格別、単にその年代が古いとか、世間にめずらしい品であるとか云うので、特殊の人形を珍重する人はほんとうの人形好きとは云われまいかと思われます。そういう意味で人形を愛するのは、単に一種の骨董癖に過ぎないので、古い硯《すずり》を愛するのも、古い徳利《とっくり》を愛するのも、所詮《しょせん》は同じことになってしまいます。人形はやはりどこまでも人形として可愛がってやらなければなりません。その意味に於いて、人形の新古や、値の高下《こうげ》や、そんなことを論ずるのはそもそも末で、どんな粗製の今戸焼でもどこかに可愛らしいとか面白いとかいう点を発見したならば、連れて帰って可愛がってやることです。

舞楽《ぶがく》の面を毎日眺めていて、とうとう有名な人相見になったとかいう話を聴いていますが、実際いろいろの人形をながめていると、人間というものに就いてなにか悟《さと》るところがあるようにも思われます。少なくも美しい人形や、可愛らしい人形を眺めていると、こっちの心もおのずとやわらげられるのは事実です。わたしは何か気分がむしゃくしゃするような時には、伏見人形の鬼《おに》や、今戸焼の狸《たぬき》などを机のうえに列べます。そうして、その鬼や狸の滑稽《こっけい》な顔をつくづく眺めていると、自然に頭がくつろいで来るように思われます。

くどくも云う通り、人形といえば相当に年代の古いものとか、精巧に出来ているものとか、値段の高いものとか、いちいちそういうむずかしい註文を持出すから面倒になるので、わたしから云えばそれらは真の人形好きではありません。わたしのように瓦楽多をむやみに陳列するには及びませんが、たとい二つ三つでも自分の気に入った人形を机や書棚のうえに飾って、朝夕に愛玩するのは決して悪いことではないと思います。人形を愛するの心は、すなわち人を愛するの心であります。品の新しいとか古いとか、値の高いとか廉《やす》いとかいうことは問題ではありません。なんでも自分の気に入ったものでさえあればいいのです。廉いものを飾って置いては見っともないなどと云っているようでは、倶《とも》に人形の趣味を語るに足らないと思います。廉い人形でよろしい、せいぜい三十銭か五十銭のものでよろしい、その数《かず》も二つか三つでもよろしい。それを坐右に飾って朝夕に愛玩することを、わたしは皆さんにお勧め申したいと思います。

不良少年を感化するために、園芸に従事させて花卉《かき》に親しませるという方法が近年行なわれて来たようです。わたしは非常によいことだと思います。それとおなじ意味で、世間一般の少年少女にも努めて人形を愛玩させる習慣を作らせたいと思っています。単に不良少女ばかりでなく、大人の方たちにもこれをお勧め申したいと思っています。なんの木偶《でく》の坊《ぼう》――とひと口に云ってしまえばそれ迄《まで》ですが、生きた人間にも木偶の坊に劣ったのがないとは云えません。魂のない木偶の坊から、われわれは却って生きた魂を伝えられることがないとも限りません。

我田引水と云われるのを承知の上で、私はここに人形趣味を大いに鼓吹《こすい》するのであります。

この稿をかいたのは、足かけ四年の昔で、それら幾百の人形は大正十二年九月一日をなごりに私と長い別れを告げてしまった。かれらは焼けて砕けて、もとの土に帰ったのである。九月八日、焼け跡の灰かきに行った人たちが、わずかに五つ六つの焦げた人形を掘り出して来てくれた。

わびしさや袖の焦げたる秋の雛《ひな》

震災の記

なんだか頭がまだほんとうに落着かないので、まとまったことは書けそうもない。

去年七十七歳で死んだわたしの母は、十歳《とお》の年に日本橋で安政《あんせい》の大地震《おお》に出逢ったそうで、子供の時からたびたびそのおそろしい昔話を聴かされた。それが幼い頭にしみ込んだせいか、わたしは今でも人一倍の地震ぎらいで、地震と風、この二つを最も恐れている。風の強く吹く日には仕事が出来ない。少し強い地震があると、又そのあとにゆり返しが来はしないかという予覚におびやかされて、やはりどうも落着いていられない。

わたしが今まで経験したなかで、最も強い地震としていつまでも記憶に残っているのは、明治二十七年六月二十日の強震である。晴れた日の午後一時頃と記憶しているが、これも随《ずい》分《ぶん》ひどい揺れ方で、市内に潰《つぶ》れ家《や》もたくさんあった。百六、七十人の死傷者もあった。それに伴って二、三ヵ所にボヤも起ったが、一軒焼けか二軒焼けぐらいで皆消し止めて、ほとんど火事らしい火事はなかった。多少の軽いゆり返しもあったが、それも二、三日の後には鎮まった。三年まえの尾濃《びのう》震災におびやかされている東京市内の人々は、一時ぎょうさんにおどろき騒いだが、一日二日と過ぎるうちにそれもおのずと鎮まった。勿論、安政度の大震とはまるで比較にならないくらいの小さいものであったが、ともかくも東京としては安政以来の強震として伝えられた。わたしも生まれてから初めてこれほどの強震に出逢ったので、その災禍のあとをたずねるために、当時すぐに銀座の大通りから、上野へ出て、さらに浅草へまわって、汗をふきながら夕方に帰って来た。そうして、しきりに地震の惨害を吹聴《ふいちょう》したのであった。その以来、わたしに取って地震というものが、一層おそろしくなった。わたしはいよいよ地震ぎらいになった。したがって、去年四月の強震のときにも、わたしは書きかけていたペンを捨てて庭先へ逃げ出した。

こういう私がなんの予覚もなしに大正十二年九月一日を迎えたのであった。この朝は誰も知っている通り、二百十日前後にありがちの何となく穏かならない空模様で、驟雨《しゅうう》が折りおりに見舞って来た。広くもない家のなかはいやに蒸し暑かった。二階の書斎には雨まじりの風が吹き込んで、硝子戸をゆする音がさわがしいので、わたしは雨戸を閉め切って下座敷の八畳に降りて、二、三日まえから取りかかっている週刊朝日の原稿を書きつづけていた。庭の垣根から棚のうえに這いあがった朝顔と糸瓜《へちま》の長い蔓《つる》や大きい葉がもつれ合って、雨風にざわざわと乱れてそよいでいるのも、やがて襲ってくる暴風雨《あらし》を予報するように見えて、わたしの心はなんだか落ちつかなかった。

勉強して書きつづけて、もう三、四枚で完結するかと思うところへ、国民図書刊行会の広谷君が雨を冒《おか》して来て、一時間ほど話して帰った。広谷君は私の家から遠くもない麹町山元《やまもと》町《ちょう》に住んでいるのである。広谷君の帰る頃には雨もやんで、うす暗い雲の影は溶けるように消えて行った。茶の間で早い午飯《ひるめし》を食っているうちに、空は青々と高く晴れて、初秋の強い日のひかりが庭一面にさし込んで来た。どこかで蟬《せみ》も鳴き出した。

わたしは箸《はし》を措《お》いて起《た》った。天気が直ったらば、仕事場をいつもの書斎に変えようと思って、縁先へ出てまぶしい日を仰いだ。それから書きかけの原稿紙をつかんで、玄関の二畳から二階へ通っている階子段《はしごだん》を半分以上も昇りかけると、突然に大きい鳥が羽搏《はばた》きをするような音がきこえた。わたしは大風が吹き出したのかと思った。その途端にわたしの踏んでいる階子がみりみりと鳴って動き出した。壁も襖《ふすま》も硝子窓も皆それぞれの音を立てて揺れはじめた。

勿論、わたしはすぐに引っ返して階子をかけ降りた。玄関の電燈は今にも振り落されそうに揺れている。天井から降ってくるらしい一種のほこりが私の眼鼻にしみた。

「地震だ。ひどい地震だ。早く逃げろ。」

妻や女中に注意をあたえながら、ありあわせた下駄を突っかけて、沓脱《くつぬぎ》から硝子戸の外へ飛び出すと、碧桐《あおぎり》の枯葉がばさばさと落ちて来た。門の外へ出ると、妻もつづいて出て来た。女中も裏口から出て来た。震動はまだやまない。私たちはまっすぐに立っているに堪えられないで、門柱に身を寄せて取りすがっていると、向うのA氏の家からも細君や娘さんや女中たちが逃げ出して来た。わたしの家の門構えは比較的堅固に出来ている上に、門の家根が大きくて瓦の墜落を避ける便宜があるので、A氏の家族は皆わたしの門前に集まって来た。となりのM氏の家族も来た。大勢《おおぜい》が門柱にすがって揺られているうちに、第一回の震動がようやくに鎮まった。ほっと一息ついて、わたしはともかくも内へ引っ返してみると、家内には何の被害もないらしかった。掛時計の針も止まらないで、十二時五分を指していた。二度のゆり返しを恐れながら、急いで二階へあがって窺うと、棚いっぱいに飾ってある人形はみな無難であるらしかったが、ただ一つ博多人形の夜叉王《やしゃおう》がうつ向きに倒れて、その首が悼《いた》ましく砕けて落ちているのがわたしの心を寂しくさせた。

と思う間もなしに、第二回の烈震がまた起ったので、わたしは転げるように階子をかけ降りて再び門柱に取りすがった。それがやむと、少しの間を置いて更に第三第四の震動がくりかえされた。A氏の家根瓦がばらばらと揺れ落された。横町の角にある玉突場の高い家根からつづいて震い落される瓦の黒い影が鴉《からす》の飛ぶようにみだれて見えた。

こうして震動をくり返すからは、おそらく第一回以上の烈震はあるまいという安心と、我れも人も幾らか震動に馴れて来たのと、震動がだんだんに長い間隔を置いて来たのとで、近所の人たちも少しく落着いたらしく、思い思いに椅子《いす》や床几《しょうぎ》や花筵《はなむしろ》などを持ち出して来て、門のまえに一時の避難所を作った。わたしの家でも床几を持ち出した。その時には、赤坂の方面に黒い煙りがむくむくとうずまき颺《あが》っていた。三番町の方角にも煙りがみえた。取分けて下町《したまち》方面の青空に大きい入道雲のようなものが真っ白にあがっているのが私の注意をひいた。雲か煙りか、晴天にこの一種の怪物の出現を仰ぎみた時に、わたしは云い知れない恐怖を感じた。

そのうちに見舞の人たちがだんだんに駈けつけて来てくれた。その人たちの口から神田方面の焼けていることも聞いた。銀座通りの焼けていることも聞いた。警視庁が燃えあがって、その火先が今や帝劇を襲おうとしていることも聞いた。

「しかしここらは無難で仕合せでした。ほとんど被害がないと云ってもいいくらいです。」と、どの人も云った。まったくわたしの附近では、家根瓦をふるい落された家があるくらいのことで、いちじるしい損害はないらしかった。わたしの家でも眼に立つほどの被害は見いだされなかった。番町方面の煙りはまだ消えなかったが、そのあいだに相当の距離があるのと、こっちが風上《かざかみ》に位していているのとで、誰もさほどの危険を感じていなかった。それでもこの場合、個々に分かれているのは心さびしいので、近所の人たちは私の門前を中心として、椅子や床几や花むしろを一つところに寄せあつめた。ある家からは茶やビスケットを持ち出して来た。ビールやサイダーの壜《びん》を運び出すのもあった。わたしの家からも梨《なし》を持ち出した。一種の路上茶話会がここに開かれて、諸家の見舞人が続々もたらしてくる各種の報告に耳をかたむけていた。そのあいだにも大地の震動は幾たびか繰り返された。わたしは花むしろのうえに坐って、「地震加藤《かとう》」の舞台を考えたりしていた。

こうしているうちに、日はまったく暮れ切って、電燈のつかない町は暗くなった。あたりがだんだんに暗くなるに連れて、一種の不安と恐怖とがめいめいの胸を強く圧して来た。各方面の夜の空が真紅《まっか》にあぶられているのが鮮やかにみえて、時どきに凄《すさ》まじい爆音もきこえた。南は赤坂から芝の方面、東は下町方面、北は番町方面、それからそれへと続いて、ただ一面にあかく焼けていた。震動がようやく衰えてくると反対に、火の手はだんだんに燃えひろがってゆくらしく、わずかに剰《あま》すところは西口の四谷方面だけで、私たちの三方は猛火に囲まれているのである。茶話会の群れのうちから若い人はひとり起《た》ち、ふたり起って、番町方面の状況を偵察に出かけた。しかしどの人の報告も火先が東にむかっているから、南の方の元園町方面はおそらく安全であろうということに一致していたので、どこの家でも避難の準備に取りかかろうとはしなかった。

最後の見舞に来てくれたのは演芸画報社の市村君《いちむら》で、その住居は土手《どて》三番町であるが、火先がほかへそれたので幸いに難をまぬかれた。京橋の本社は焼けたろうと思うが、とても近寄ることが出来ないとのことであった。市村君は一時間ほども話して帰った。番町方面の火勢はすこし弱ったと伝えられた。

十二時半頃になると、近所が又さわがしくなって来て、火の手が再び熾《さか》んになったという。それでも、まだまだと油断して、わたしの横町ではどこでも荷ごしらえをするらしい様子もみえなかった。午前一時頃、わたしは麹町の大通りに出てみると、電車みちは押し返されないような混雑で、自動車が走る、自転車が走る。荷車を押してくる。荷物をかついでくる。馬が駆ける。提灯が飛ぶ。いろいろのいでたちをした男や女が気ちがい眼《まなこ》でかけあるく。英国大使館まえの千鳥ヶ淵《ちどりがふち》公園附近に逃げあつまっていた番町方面の避難者は、そこも火の粉がふりかかって来るのにうろたえて、さらに一方口の四谷方面にその逃げ路を求めようとするらしく、人なだれを打って押し寄せてくる。

うっかりしていると、突き倒され、踏みにじられるのは知れているので、わたしは早々に引っ返して、さらに町内の酒屋の角に立って見わたすと、番町の火は今や五味坂《ごみざか》上の三井《みつい》邸のうしろに迫って、怒濤《どとう》のように暴れ狂う焔《ほのお》のなかに西洋館の高い建物がはっきりと浮き出して白くみえた。

迂回《うかい》してゆけば格別、さし渡しにすれば私の家から一町あまりに過ぎない。風上であるの、風向きが違うのと、今まで多寡《たか》をくくっていたのは油断であった。——こう思いながら私は無意識にそこにある長床几に腰をかけた。床几のまわりには酒屋の店の者や近所の人たちが大勢寄りあつまって、いずれも一心に火をながめていた。

「三井さんが焼け落ちれば、もういけない。」

あの高い建物が焼け落ちれば、火の粉はここまでかぶってくるに相違ない。わたしは床几をたちあがると、その眼のまえには広い青い草原が横たわっているのを見た。それは明治十年前後の元園町の姿であった。そこには疎《まば》らに人家が立っていた。わたしが今立っている酒屋のところには、おてつ牡丹餅の店があった。そこらには茶畑もあった。草原にはところどころに小さい水が流れていた。五つ六つの男の児が肩もかくれるような夏草をかき分けて、しきりにばったを探していた。そういう少年時代の思い出がそれからそれへと活動写真のようにわたしの眼の前にあらわれた。

「旦那。もうあぶのうございますぜ。」

誰が云ったのか知らないが、その声に気がついて、わたしはすぐに自分の家へ駈けて帰ると、横町の人たちももう危険の迫って来たのを覚ったらしく、路上の茶話会はいつか解散して、どこの家でも俄《にわ》かに荷ごしらえを始め出した。わたしの家の暗いなかにも一本の蠟燭《ろうそく》の火が微《かす》かにゆれて、妻と女中と手伝いの人があわただしく荷作りをしていた。どの人も黙っていた。

万一の場合には紀尾井町《きおいちょう》の小林蹴月《こばやししゅうげつ》君のところへ立ち退くことに決めてあるので、私たちは差しあたりゆく先に迷うようなことはなかったが、そこへも火の手が追って来たらば、更にどこへ逃げてゆくか、そこまで考えている余裕はなかった。この際、いくら欲張ったところでどうにも仕様はないので、私たちはめいめいの両手に持ち得るだけの荷物を持ち出すことにした。わたしは週刊朝日の原稿をふところに捻《ね》じ込んで、バスケットと旅行用の鞄とを引っさげて出ると、地面がまた大きく揺らいだ。

「火の粉が来るよう。」

どこかの暗い家根のうえで呼ぶ声が遠くきこえた。庭の隅にはこおろぎの声がさびしく聞えた。蠟燭をふき消した私の家のなかは闇になった。

わたしの横町一円が火に焼かれたのは、それから一時間の後であった。小林君の家へゆき着いてから、わたしは宇治拾遺《うじしゅうい》物語にあった絵仏師の話を思い出した。彼は芸術的満足を以って、わが家の焼けるのを笑いながらながめていたと云うことである。わたしはその烟《けむ》りさえも見ようとはしなかった。

地震雑詠

震災に家を失ひて
なゐふりて蛇の入るべき穴も無し
バラックの隣と語る夜寒かな
麻布宮村に移り住みて
狸坂　くらやみ坂や秋の暮

焼かれた夜

九月一日の夜、震災に元園町の家を焼かれて、一先《ひとま》づ紀尾井町の小林蹴月君の宅へ立退《たちの》く。

なゐふりて蛇の入るべき穴もなし

宿無しとなる夜を蚊帳の別れ哉

二日の午後、額田六福が迎ひに來て、かれの誘ふがまゝ更に目白へ立退く。妻と女中と三人、額田が先導となつて、火のない路を擇《えら》みながら迂回して早稲田に出で、それから目白臺《だい》へのぼつてゆくと、こゝらは幸にみな火災を免がれたが、餘震を恐れる人々は草原に筵や毛布を持ち出して避難してゐる。

花芒われに宿かせ目白臺

こゝまで來て、からだは先づ落ちついたが、心はまだ落つかない。色々の流言蜚語が行はれる。夜もおちく眠られない。

もろこしを燒く煙をも恐れけり

夜警して聞き明しけり露の音

電燈がつかないので、日が暮れると、眞の闇になる　暗いなかで唯聞えるのは虫の聲、心細さが彌増《いやま》すのである。

一本の蠟燭惜む夜長かな

本所の被服廠跡の大慘事、實に身の毛がよだつばかりである。此の頃は新聞の號外をよむたびに、魂の消ゆるやうな記事におびやかされるので、號外を手に取るのが怖ろしくなつて來た。

殼ばかり三萬人や秋のせみ

額田その他の若い者が元園町の舊宅の燒跡へ灰かきに行つて、燒け殘つた人形二つ三つを堀《ママ》り出して來た

九月八日、殊に暑い日であつた。

わびしさや袖の焦げたる秋の雛

秋の日や燒殘りたる鬼瓦

九月二十四日、古中秋の月は明るい。夜露をあびながら其處《そこ》らをさまよひ歩いたが、一句も出來ない。下町の燒原に照る月の光を遠く想像して、いたづらに心を傷ましむるばかりで

ある。

バラックの屋根を洩るかやけふの月

追剝の銀座に出るやけふの月

十月になつてやうやく麻布宮村町に一戸をみつけて兎も角もこゝに假越しをする。兩方が坂に挾まれてゐるところで、一方は狸坂一方はくらやみ坂、いづれも麻布にふさはしい名である。

狸坂くらやみ坂や秋のくれ

十番雑記

昭和十二年八月三十一日、火曜日。午前は陰《くもり》、午後は晴れて暑い。

虫干しながらの書庫の整理も、連日の秋暑に疲れ勝ちで兎《と》かくに捗取《はかど》らない。いよいよ晦日であるから、思い切って今日中に片附けて仕舞おうと、汗をふきながら整理をつづけていると、手文庫の中から書きさしの原稿類を相当に見出した。いずれも書き捨ての反古《ほご》同様のものであったが、その中に「十番雑記」というのがある。私は大正十二年の震災に麹町《こうじまち》の家を焼かれて、その十月から来年の三月まで麻布の十番に仮寓していた。ただ今見出したのは、その当時の雑記である。

私は麻布にある間に「十番随筆」という随筆集を発表している。その後にも「猫柳」という随筆集を出した。しかも「十番雑記」の一文はどれにも編入されていない。傾きかかった古家の薄暗い窓の下で、師走の夜の寒さに竦《すく》みながら、当時の所懐と所見とを書き捨てたままで別にそれを発表しようとも思わず、文庫の底に押込んで仕舞ったのであろう。自分も今まで全く忘れていたのを、十四年後の今日偶然に発見して、いわゆる懐旧の情に堪えなかった。それと同時に、今更のように思い浮んだのは震災十四週年の当日である。

「あしたは九月一日だ。」

その前日に、その当時の形見ともいうべき「十番雑記」を発見したのは、偶然とは云いながら一種の因縁がないでも無いように思われて、なんだか捨て難い気にもなったので、その夜の灯の下で再読、この随筆集に挿入することにした。

一　仮住居

十月十二日の時雨《しぐれ》ふる朝に、わたし達は目白の額田《ぬかだ》（六福）方を立退《たちの》いて、麻布宮村町へ引移ることになった。日蓮宗の寺の門前で、玄関が三畳、茶の間が六畳、座敷が六畳、書斎が四畳半、女中部屋が二畳で、家賃四十五円の貸家である。裏は高い崖になっていて、南向きの庭には崖の裾の草堤が斜めに押寄せていた。

崖下の家はあまり嬉しくないなどと贅沢《ぜいたく》を云っている場合でない。なにしろ大震災の後、どこにも滅多《めった》に空家のあろう筈はなく、さんざん探し抜いた揚句の果に、河野義博君の紹介でようようここに落付くことになったのは、まだしもの幸いであると云わなければなるまい。

これで兎も角も一時の居どころは定まったが、心はまだ本当に定まらない。文字通りに、箸一つ持たない丸焼けの一家族であるから、たとい仮住居にしても一戸を持つとなれば、何かと面倒なことが多い。ふだんでも冬の設けに忙がしい時節であるのに、新世帯持の我々はいよいよ心ぜわしい日を送らなければならなかった。

今度の家は元来が新しい建物でない上に、震災以来殆《ほとん》どそのままになっていたので、壁はところどころ崩れ落ちていた。障子も破れていた。襖《ふすま》も傷《いた》んでいた。庭には秋草が一面に生いしげっていた。移転の日に若い人達があつまって、庭の草はどうにか綺麗に刈り取ってくれた。壁の崩れたところも一部分は貼ってくれた。襖だけは家主から経師屋《きょうじや》の職人をよこして応急の修繕をしてくれたが、それも一度ぎりで姿をみせないので、家内総がかりで貼り残しの壁を貼ることにした。幸いに女中が器用なので、先《ま》ず日本紙で下貼りをして、その上を新聞紙で貼りつめて、更に壁紙で上貼りをして、これも何《ど》うにかこうにか見苦しくないようになった。そのあくる日には障子も貼りかえた。

その傍《かたわ》らに、わたしは自分の机や書棚やインクスタンドや原稿紙のたぐいを買いあるいた。妻や女中は火鉢や盥《たらい》やバケツや七輪のたぐいを毎日買いあるいた。これで先ず不完全ながらも文房具や世帯道具が一通り整うと、今度は冬の近いのに脅かされなければならなかった。一枚の冬着さえ持たない我々は、どんな粗末なものでも好いから寒さを防ぐ準備をしなければばならない。夜具の類は出来合いを買って間にあわせることにしたが、一家内の者の羽織や綿入れや襦袢《じゅばん》や、その針仕事に女達はまた忙がしく追い使われた。

目白に避難の当時、それぞれに見舞いの品を贈ってくれた人もあった。ここに移転してからも、わざわざ祝いに来てくれた人もあった。それらの人々に対して、妻とわたしとが代るがわるに答礼に行かなければならなかった。市内の電車は車台の多数を焼失したので、運転系統が色々に変更して、以前ならば一直線にゆかれたところも、今では飛んでもない方角を迂回して行かなければならない。十分か二十分でゆかれたところも三十分五十分を要することになる。勿論どの電車も満員で容易に乗ることは出来ない。市内の電車がこのありさまであるから、それに連れて省線の電車がまた未曾有の混雑を来《きた》している。それらの不便のために、一日苛々《いらいら》しながら駈けあるいても、わずかに二軒か三軒しか廻り切れないような時もある。又そのあいだには旧宅の焼跡の整理もしなければならない。震災に因《よ》って生じた諸々の事件の始末も付けなければならない。こうして私も妻も女中等も無暗《むやみ》にあわただしい日を送っているうちに、大正十二年も暮れて行くのである。

「こんな年は早く過ぎてしまう方がいい。」

まあ、こんなことでも云うより外はない。なにしろ余ほどの老人でない限りは、生まれて初めてこんな目に出逢ったのであるから、狼狽《ろうばい》混乱、どうにも仕様のないのが当りまえであるかも知れないが、罹災《りさい》以来そのあと始末に四ケ月を費して、まだほんとうに落付かないのは、まったく困ったことである。年があらたまったと云って、すぐに世のなかが改まるわけでないのは判り切っているが、それでも年があらたまったらば、心持だけでも何とか新しくなり得るかと思うが故に、こんな不祥な年は早く送ってしまいたいと云うのも普通の人情かも知れない。

今はまだ十二年の末であるから、新しい十三年がどんな年で現れてくるか判らない。元旦も晴か雨か、風か雪か、それすらもまだ判らない位であるから、今から何にもいうことは出来ないが、いずれにしても私はこの仮住居で新しい年を迎えなければならない。それでもバラックに住む人たちのことを思えば何でもない。たとい家を焼かれても、家財と蔵書一切をうしなっても、わたしの一家は他に比較してまだまだ幸福であると云わなければならない。わたしは今までにも奢侈《おごり》の生活を送っていなかったのであるから、今後も特に節約をしようとも思わない。しかし今度の震災の為に直接間接に多大の損害をうけているから、その幾分を回復するべく大いに働かなければならない。先ず第一に書庫の復興を計らなければならない。

父祖の代から伝わっている刊本写本五十余種、その大部分は回収の見込みはない。父が晩年の日記十二冊、わたし自身が十七歳の春から書きはじめた日記三十五冊、これらは勿論あきらめるより外はない。そのほかにも私が随時に記入していた雑記帳、随筆、書き抜き帳、おぼえ帳のたぐい三十余冊、これも自分としては頗《すこぶ》る大切なものであるが、今更悔むのは愚痴である。せめてはその他の刊本写本だけでもだんだんに買い戻したいと念じているが、その三分の一も容易に回収は覚束《おぼつか》なそうである。この頃になって書棚の寂しいのがひどく眼についてならない。諸君が汲々《きゅうきゅう》として帝都復興の策を講じているあいだに、わたしも勉強して書庫の復興を計らなければならない。それが矢はり何等かの意義、何等かの形式に於て、帝都復興の上にも貢献するところがあろうと信じている。

わたしの家ではこれまでも余り正月らしい設備をしたこともないのであるから、この際とても特に例年と変ったことはない。年賀状は廃する積りであったが、さりとて平生懇親にしている人々に対して全然無沙汰で打過ぎるのも何だか心苦しいので、震災後まだほんとうに一身一家の安定を得ないので歳末年始の礼を欠くことを葉書にしたためて、年内に発送することにした。その外には、春に対する準備もない。

わたしの庭には大きい紅梅がある。家主の話によると、非常に美事な花をつけると云うことであるが、元日までには恐らく咲くまい。

（大正十二年十二月二十日）

二　箙《えびら》の梅

狸坂くらやみ坂や秋の暮

これは私がここへ移転当時の句である。わたしの門前は東西に通ずる横町の細路で、その両端には南へ登る長い坂がある。東の坂はくらやみ坂、西の坂は狸坂と呼ばれている。今でも可なりに高い、薄暗いような坂路であるから、昔はさこそと推量《おしはか》られて、狸坂くらやみ坂の名も偶然でないことを思わせた。時は晩秋、今のわたしの身に取っては、この二つの坂の名が一層幽暗の感を深うしたのであった。

坂の名ばかりでなく、土地の売物にも狸羊羹《ようかん》、狸せんべいなどがある。カフェー・たぬきと云うのも出来た。子供たちも「麻布十番狸が通る」などと歌っている。狸はここらの名物であるらしい。地形から考えても、今は格別、むかし狐や狸の巣窟《そうくつ》であったらしく思われる。私もここに長く住むようならば、綺堂をあらためて狸堂とか狐堂とか云わなければなるまいかなどとも考える。それと同時に、「狐に穴あり、人の子は枕する所無し」が、今の場合まったく痛切に感じられた。

しかし私の横町にも人家が軒ならびに建ち続いているばかりか、横町から一歩ふみ出せば、麻布第一の繁華の地と称せらるる十番の大通りが眼の前に拡《ひろ》がっている。ここらは震災の被害も少く、勿論火災にも逢わなかったのであるから、この頃は私達のような避難者がおびただしく流れ込んで来て、平常よりも更に幾層の繁昌をましている。殊に歳の暮に押詰まって、ここらの繁昌と混雑は一通りでない。あまり広くもない往来の両側に、居附きの商店と大道の露店とが二重に隙間もなく列《なら》んでいるあいだを、大勢の人が押合って通る。又そのなかを自動車、自転車、人力車、荷車が絶えず往来するのであるから、油断をすれば車輪に轢《ひ》かれるか、路《みち》ばたの大溝《おおどぶ》へでも転げ落ちないとも限らない。実に物凄いほどの混雑で、麻布十番狸が通るなどは正に数百年のむかしの夢である。

「震災を無事に逃れた者が、ここへ来て怪我をしては詰まらないから、気をつけろ。」と、わたしは家内の者に向って注意している。

そうは云っても、買い物が種々あるというので、家内の者はたびたび出てゆく。わたしも矢はり出て行く。そうして、何かしら買って帰るのである。震災に懲《こ》りたのと、経済上の都合とで、無用の品物は一切買い込まないことに決めているのであるが、それでも当然買わなければ済まないような必要品が次から次へと現れて来て、いつまで経っても果てしが無いように思われる。一口に我楽多《がらくた》というが、その我楽多道具をよほど沢山に貯えなければ、人間の家一戸を支えて行かれないものであると云うことを、この頃になってつくづく悟った。私達ばかりでなく、総ての罹災者は皆どこかでこの失費と面倒とを繰返しているのであろう。どう考えても、怖るべき禍《わざわい》であった。

その欝憤をここに洩らすわけではないが、十番の大通りはひどく路の悪い所である。震災以後、路普請なども何分手廻り兼ねるのであろうが、雨が降ったが最後、そこらは見渡す限り一面のぬかるみで、殆《ほと》んど足の蹈みどころもないと云ってよい。その泥濘《ぬかるみ》のなかにも露店が出る、買い物の人も出る。売る人も、買う人も、足下《あしもと》の悪いなどには頓着していられないのであろうが、私のような気の弱い者はその泥濘におびやかされて、途中から空しく引返して来ることが屡々ある。

しかも今夜は勇気をふるい起して、そのぬかるみを蹈み、その混雑を冒《おか》して、やや無用に類するものを買って来た。わたしの外套《がいとう》の袖の下に忍ばせている梅の枝と寒菊の花がそれである。移転以来、花を生けて眺めるという気分にもなれず、花を生けるような物も具えていないので、先ごろの天長《てんちょう》祝日に町内の青年団から避難者に対して戸毎に菊の花を分配してくれた時にも、その厚意を感謝しながらも、花束のままで庭の土に挿し込んで置くに過ぎなかった。それがどういう気まぐれか、二、三日前に古道具屋の店さきで徳利のような花瓶を見つけて、不図それを買い込んで来たのが始まりで、急に花を生けて見たくなったのである。

庭の紅梅はまだなかなか咲きそうもないので、灯ともし頃にようやく書き終った原稿をポストに入れながら、夜の七時半頃に十番の通りへ出てゆくと、きのう一日降り暮らした後であるから、予想以上に路が悪い。師走もだんだんに数え日に迫ったので、混雑もまた予想以上である。そのあいだを何《ど》うにかこうにか潜《くぐ》りぬけて、夜店の切花屋で梅と寒菊とを買うには買ったが、それを無事に保護して帰るのが頗《すこぶ》る困難であった。甲の男のかかえて来るチャブ台に突き当るやら、乙の女の提《さ》げてくる風呂敷づつみに擦れ合うやら、ようようのことで安田銀行支店の角まで帰り着いて、人通りの稍少いところで袖の下から彼《か》の花を把《と》り出して、電灯のひかりに照らしてみると、寒菊は先ず無難であったが、梅は小枝の折れたのもあるばかりか、花も蕾もかなりに傷《いた》められて、梶原源太が箙《えびら》の梅という形になっていた。

「こんなことなら、明日の朝にすればよかった。」

この源太は二度の駈《かけ》をする勇気もないので、寒菊の無難をせめてもの幸いに、箙の梅をたずさえて今夜はそのまま帰ってくると、家には中嶋が来て待っていた。

「渋谷の道玄坂辺は大変な繁昌で、どうして、どうして、この辺どころじゃありませんよ。」

と、彼は云った。

「なんと云っても、焼けない土地は仕合せだな。」

こう云いながら、わたしは梅と寒菊とを書斎の花瓶にさした。底冷えのする宵である。

（十二月二十三日）

三　明治座

この二、三日は馬鹿に寒い。今朝は手水鉢《ちょうずばち》に厚い氷を見た。

午前八時頃に十番の通りへ出てみると、末広座の前にはアーチを作っている。劇場の内にも大勢の職人が忙がしそうに働いている。震災以来、破損のままで捨て置かれたのであるが、来年の一月からは明治座と改称して松竹合名社の手で開場し、左団次一座が出演することになったので、俄《にわか》に修繕工事に取りかかったのである。今までは繁華の町のまん中に、死んだ物のように寂寞《じゃくまく》として横《よこた》わっていた建物が、急に生き返って動き出したかとも見えて、あたりが明るくなったように活気を生じた。焚火の烟《けむり》が威勢よく舞いあがっている前に、ゆうべは夜明しであったと笑いながら話している職人もある。立ち停まって珍らしそうにそれを眺めている人達もある。

足場をかけてある座の正面には、正月二日開場の口上《こうじょう》看板がもう揚《あ》がっている。二部興行で、昼の部は『忠信の道行《みちゆき》』、『躄《いざり》の仇討』、『鳥辺山心中』、夜の部は『信長記《しんちょうき》』、『浪花の春雨』、『双面《ふたおもて》』という番組も大きく貼り出してある。左団次一座が麻布の劇場に出勤するのは今度が始めである上に、震災以後東京で興行するのもこれが始めであるから、その前景気は甚だ盛《さかん》で、麻布十番の繁昌に又一層の光彩を添えた観がある。どの人も浮かれたような心持で、劇場の前に群れ集まって来て、なにを見るとも無しにたたずんでいるのである。私もその一人であるが、浮かれたような心持は他の人々に倍していることを自覚していた。明治座が開場のことも、左団次一座が出演のことも、又その上演の番組のことも、わたしは疾《と》うから承知しているのではあるが、今やこの小さい新装の劇場の前に立った時に、復興とか復活とか云うような、新しく勇ましい心持が胸一杯に漲《みなぎ》るのを覚えた。

わたしの脚本が舞台に上演されたのは、東京だけでも已《すで》に百数十回に上っているのと、もう一つには私自身の性格の然らしむる所とで、わたしは従来自分の作物《さくぶつ》の上演ということに就ては余りに敏感でない方である。勿論、不愉快なことではないが、又さのみに愉快とも感じていないのであった。それが今日にかぎって一種の亢奮《こうふん》を感じるように覚えるのは、単にその上演目録のうちに『鳥辺山心中』と、『信長記』と、『浪花の春雨』と、わたしの作物が三種までも加わっていると云うばかりでなく、震災のために自分の物一切を失ったように感じていた私に取って、自分はやはり何物かを失わずにいたということを心強く感じさせたからである。以上の三種が自分の作として、得意の物であるか不得意の物であるかを考えている暇《ひま》はない。わたしは焼跡の灰の中から自分の財を拾い出したように感じたのであった。

「お正月から芝居がはじまる……。左団次が出る……」と、そこらに群がっている人の口々から、一種の待つある如きささめきが伝えられている。

わたしは愉快にそれを聴いた。わたしもそれを待っているのである。少年時代のむかしに復《かえ》って、春を待つという若やいだ心がわたしの胸に浮き立った。幸か不幸か、これも震災の賜物《たまもの》である。

「いや、まだほかにもある。」

こう気が注《つ》いて、わたしは劇場の前を離れた。横町はまだ滑りそうに凍っているその細い路を、わたしの下駄はかちかちと蹈んで急いだ。家へ帰ると、すぐに書斎の戸棚から古いバスケットを取出した。

震災の当時、蔵書も原稿もみな焼かれてしまったのであるが、それでもいよいよ立退《たちの》くという間際に、書斎の戸棚の片隅に押込んである雑誌や新聞の切抜きを手あたり次第にバスケットへつかみ込んで来た。それから紀尾井町、目白、麻布と転々する間に、そのバスケットの底を叮嚀《ていねい》に調べてみる気も起らなかったが、麻布に一先《ひとま》ず落ちついて、はじめてそれを検査すると、幾束かの切抜きがあらわれた。それは何かの参考のために諸新聞や雑誌を切抜いて保存して置いたもので、自分自身の書いたものは二束に過ぎないばかりか、戯曲や小説のたぐいは一つもない、すべてが随筆めいた雑文ばかりである。その随筆も勿論全部ではない、おそらく三分の一か四分の一ぐらいでもあろうかと思われた。

それだけでも摑《つか》み出して来たのは、せめてもの幸いであったと思うにつけて、一種の記念としてそれらを一冊に纏《まと》めてみようかと思い立ったが、何かと多忙に取りまぎれて、きょうまでその儘《まま》になっていたのである。これも失われずに残されている物であると思うと、わたしは急になつかしくなって、その切抜きを一々にひろげて読みかえした。

わたしは今まで随分沢山の雑文をかいている。その全部のなかから選み出したらば、いくらか見られるものも出来るかと思うのであるが、前にもいう通り、手当り次第にバスケットへつかみ込んで来たのであるから、なかには書き捨ての反古《ほご》同様なものもある。その反古も今のわたしには又捨て難い形見のようにも思われるので、何でもかまわずに掻《か》きあつめることにした。

こうなると、急に気ぜわしくなって、すぐにその整理に取りかかると、冬の日は短い。おまけに午後には二、三人の来客があったので、一向に仕事は捗取《はかど》らず、どうにかこうにか片附いたのは夜の九時頃である。それでも門前には往来の足音が忙がしそうに聞える。北の窓をあけて見ると、大通りの空は灯のひかりで一面に明るい。明治座は今夜も夜業《よなべ》をしているのであろうなどとも思った。

さて纏まったこの雑文集の名をなんと云っていいか判らない。今の仮住居の地名をそのままに、仮に『十番随筆』ということにして置いた。これもまた記念の意味に外ならない。

（十二月二十五日）

現在の麻布十番（東京）暗闇坂（上）
狸坂（下）
（撮影＝白澤社編集部）

魚妖

むかしから鰻《うなぎ》の怪を説いたものは多い。これは彼の曲亭馬琴《かきょくていばきん》の筆記（「兎園《とえん》小説」）に拠ったもので、その話をして聴かせた人は決して嘘をつくような人物でないと、馬琴は保証している。

その話はこうである。

上野の輪王寺宮に仕えている儒者に、鈴木一郎という人があった。名乗は秀実、雅号は有年といって、文学の素養もふかく、馬琴とも親しく交際していた。

天保三、壬辰《みずのえたつ》年の十一月十三日の夜である。馬琴は知人の関澣南の家にまねかれて晩餐の馳走になった。有名な気むずかしい性質から、馬琴には友人というものが極めて少い。ことに平生から出不精を以て知られている彼が十一月――この年は閏年であった。――の寒い夜に湯島台までわざわざ出かけて行ったくらいであるから、澣南とはよほど親密にしていたものと察せられる。酒を飲まない馬琴はすぐに飯の馳走になった。灯火《あかり》の下で主人と話していると、外では風の音が寒そうにきこえた。ふたりのあいだにはことしの八月に仕置《しおき》になった鼠小僧の噂などが出た。

そこへ恰《あたか》も来あわせたのは、彼《か》の鈴木有年であった。有年は実父の喪中であったが、馬琴が今夜ここへ招かれて来るということを知っていて、食事の済んだ頃を見はからって、わざと後《おく》れて顔を出したのであった。かれの父は伊勢の亀山藩の家臣で下谷《したや》の屋敷内に住んでいたが、先月の二十二日に七十二歳の長寿で死んだ。彼はその次男で、遠い以前から鈴木家の養子となっているのであるが、兎《と》も角もその実父が死んだのであるから、彼は喪中として墓参以外の外出は見あわせなければならなかった。しかしこの灌南の家はかれの親戚に当っているのと、今夜は馬琴が来るというのとで、有年も遠慮なしにたずねて来て、その団欒に這入ったのである。

馬琴は元来無口という人ではない。自分の嫌いな人物に対して頗《すこぶ》る無愛想であるが、こころを許した友に対しては話はなかなか跳《はず》む方であるから、三人は火鉢を前にして、冬の夜の寒さを忘れるまでに語りつづけた。そのうちに何かの話から主人の灌南はこんなことを云い出した。

「御承知かしらぬが、先頃ある人からこんなことを聴きました。日本橋の茅場《かやば》町に錦とかいう鰻屋があるそうで、そこの家では鰻や泥鰌《どじょう》のほかに泥鼈《すっぽん》の料理も食わせるので、なかなか繁昌するということです。その店は入口が帳場になっていて、そこを通りぬけると中庭がある。その中庭を廊下づたいに奥座敷へ通ることになっているのですが、ここに不思議な話というのは、その中庭には大きい池があって、そこに沢山のすっぽんが放してある。天気のいい日にはそのすっぽんが岸へあがったり、池のなかの石に登ったりして遊んでいる。ところで、客がその奥座敷へ通って、うなぎの蒲焼や泥鰌鍋をあつらえた時には、彼《か》のすっぽん共は平気で遊んでいるが、もし泥鼈をあつらえる、と彼等はたちまちに水のなかへ飛び込んでしまう。それはまったく不思議で、すっぽんという声がきこえると、沢山のすっぽんがあわてて一度に姿をかくしてしまうそうです。かれらに耳があるのか、すっぽんと聞けば我身の大事と覚《さと》るのか、なにしろ不思議なことで、それをかんがえると、泥鼈を食うのも何だか忌《いや》になりますね。」

有年はだまって聴いていた。馬琴はしずかに答えた。

「それは初耳ですが、そんなことが無いとも云えません。これはわたしの友達の小沢蘆庵《おざわろあん》から聴いた話ですが、蘆庵の友だちに伴蒿蹊《ばんこうけい》というのがあります。御存じかも知れないが、蘆庵、蒿蹊、澄月、慈延といえば平安の四天王と呼ばれる和歌や国学の大家ですが、その蒿蹊がこういう話をしたそうです。家の名は忘れましたが、京に名高いすっぽん屋があって、そこへ或人《あるひと》が三人ずれで料理を食いに行くと、その門口《かどぐち》に這入ったかと思うと、ひとりの男が急に立ちどまって、おれは食うのを止《よ》そうという。ほかの二人もたちまち同意して引返してしまった。見ると、おたがいに顔の色が変っている。先ず一、二町のあいだは黙って歩いていたが、やがてそのひとりが最初帰ろうと云い出した男に向って、折角ここまで足を運びながら何故俄《にわか》に止めろと云い出したのかと訊くと、その男は身をふるわせて、いや実に怖ろしいことであった。あの家の店へ這入ると、帳場のわきに大きなすっぽんが火燵《こたつ》に倚《よ》りかかっていたので、これは不思議だと思ってよく見ると、すっぽんでなくて亭主であった。おれは俄《にわか》にぞっとして、もうすっぽんを食う気にはなれないので、早々に引返して来たのだという。それを聞くと、ほかの二人は溜息をついて、実はおれ達もおなじものを見たので、お前が止そうと云ったのを幸いに、すぐに一緒に出て来たのだという。その以来、この三人は決してすっぽんを食わなかったということです。それは作り話でなく、蒿蹊が正しくその中のひとりの男から聴いたのだと云います。」

有年はやはり黙って聴いていた。瀇南は聴いてしまって溜息をついた。

「なるほど、そういう不思議が無いとは云えませんね。おい、一郎。おまえの叔父さんのようなこともあるからね。お前、あの話を曲亭先生のお耳に入れたことがあるか。」

「いいえ、まだ……。」と、有年は少し渋りながら答えた。

「こんな話の出た序《ついで》だ。おまえも叔父さんの話をしろよ。」と、漢南は促した。

「はあ。」

有年はまだ渋っているらしかった。有年の叔父という人は若いときから放蕩者で、屋敷を飛び出して何かの職人になっているとかいう噂を馬琴も度々聞いているので、その叔父に就て何か語るのを甥の有年も流石《さすが》に恥じているのであろうかと思いやると、馬琴もすこし気の毒になった。上野の五つ（午後八時）の鐘がきこえた。

「おお、もう五つになりました。」と、馬琴は帰り支度にかかろうとした。

「いや、まだお早うございます。」と、有年は押止《おしとど》めた。「今もここの主人に云われたのですが、実はわたくしの叔父について一つの不思議な話があるのを、今から五年ほど前に初めて聴きました。まことにお恥かしい次第ですが、私の叔父というのは箸にも棒にもかからない放蕩者で、若いときから町家《まちや》の住居をして、それからそれへと流れ渡って、とうとう左官屋になってしまいました。それでもだんだんに年を取るに連れて、職もおぼえ、人間も固まって、今日《こんにち》では先ず三、四人の職人を使い廻してゆく親方株になりましたので、ここの家へもわたくしの家へも出入りをするようになりました。そういう縁がありますので、わたくし共の家で壁をぬり換える時に、叔父にその仕事をたのみますと、叔父は職人を毎日よこしてくれまして、自分もときどきに見廻りに来ました。そこで、ある日の昼飯にうなぎの蒲焼を取寄せて出しますと、叔父は俄に顔の色を変えて、いや、鰻は真平《まっぴら》だ。早くあっちへ持って行ってくれと云うのです。これが普通の職人ならばうなぎの蒲焼などを食わせる訳もないのですが、職人と云っても叔父の事ですから、わたくし夫婦も気をつけてわざわざ取寄せて出したのに、見るのも忌《いや》だと云われると、こっちもなんだか詰らないような気にもなります。殊に家内は女のことですから、すこしく顔の色を悪くしたので、叔父も気の毒になったらしく、これには訳のあることだから堪忍してくれ。兎も角も江戸の職人をしていて、鰻が嫌いだなどというのは可笑《おか》しいようだが、おれは鰻を見ただけでも忌な心持になる。と云ったばかりでは判るまい。まあ斯ういうわけだと、叔父が自分のわかい時の昔話をはじめたのです。」

有年の叔父は吉助というのであるが、屋敷を飛び出してから吉次郎と呼んでいた。かれは左官屋になるまでに所々をながれあるいて、色々のことをしていたらしい。それについては吉次郎も一々委《くわ》しく語らなかったが、この話はかれが二十四、五の頃で、浅草のある鰻屋にいた時の出来事である。最初は鰻裂きの職人として雇われたのであるが、兎《と》もかくも武家の出で、読み書きなども一通りは出来るのを主人に見込まれて、そこの家《うち》の養子になった。そうして、養父と一緒に鰻の買い出しに千住へも行き、日本橋の小田原町へも行った。

ある夏の朝である。吉次郎はいつもの通りに、養父と一緒に日本橋へ買い出しに行って、幾笊かのうなぎを買って、河岸《かし》の軽子《かるこ》に荷《にな》わして帰った。暑い日のことでもあるから、汗をふいて先ず一と休みして、養父の亭主がそのうなぎを生簀《いけす》へ移し入れようとすると、そのなかに吃驚《びっくり》するほどの大うなぎが二匹まじっているのを発見した。亭主は吉次郎をよんで訊いた。

「河岸で今日仕入れたときに、こんな荒い奴はなかったように思うが、どうだろう。」

「そうですね。こんな馬鹿にあらい奴はいませんでした。」と、吉次郎も不思議そうに云った。「どうして蛻《のたく》り込んだか知らねえが、大層な目方でしょうね。」

「おれは永年この商売をしているが、こんなのを見たことがねえ。どこかの沼の主《ぬし》かも知れねえ。」

ふたりは暫くその鰻をめずらしそうに眺めていた。実際、それはどこかの沼か池の主とでも云いそうな大鰻であった。

「なにしろ、囲って置きます。」と、吉次郎は云った。「近江屋か山口屋の旦那が来たときに持ち出せば、屹《きっ》と喜ばれますぜ。」

「そうだ。あの旦那方のみえるまで囲っておけ。」

近江屋も山口屋も近所の町人で、いずれも常得意《じょうとくい》のうなぎ好きであった。殊にどちらも鰻のあらいのを好んで、大串ならば価《あたい》を論ぜずに貪り食うという人達であるから、この人達のまえに持ち出せば、相手をよろこばせ、併《あわ》せてこっちも高い金が取れる。商売としては非常に好都合であるので、沼の主でもなんでも構わない、大切に飼っておくに限るという商売気がこの親子の胸を支配して、二匹のうなぎは特別の保護を加えて養われていた。

それから二、三日の後に、山口屋の主人がひとりの友だちを連れて来た。かれの口癖で、門をくぐると直《す》ぐに訊いた。

「どうだい。筋のいいのがあるかね。」

「めっぽう荒いのがございます。」と、亭主は日本橋で彼《か》の大うなぎを発見したことを報告した。

「それはありがたい。すぐに焼いて貰おう。」

ふたりの客は上機嫌で二階へ通った。待設けていたことであるから、亭主は生簀《いけす》から先ず一匹の大うなぎをつかみ出して、すぐにそれを裂こうとすると、多年仕馴れた業であるのに、何《ど》うしたあやまちか彼は鰻錐で左の手をしたたかに突き貫いた。

「これはいけない。おまえ代って裂いてくれ。」

かれは血の滴《したた》る手をかかえて引込んだので、吉次郎は入れ代って組板《まないた》にむかって、いつもの通りに裂こうとすると、その鰻は蛇のようにかれの手へきりきりとからみ付いて、脈の通《とおり》はなくなるほどに強く締めたので、左の片手は麻痺《しび》れるばかりに痛んで来た。吉次郎もおどろいて少しくその手をひこうとすると、うなぎは更にその尾をそらして、かれの脾《ひ》腹を強く打ったので、これも息が止まるかと思うほどの痛みを感じた。かさねがさねの難儀に吉次郎も途方にくれたが、人を呼ぶのも流石《さすが》に恥かしいと思ったので、一生懸命に大うなぎをつかみながら、小声でかれに云いきかせた。

「いくらお前がじたばたしたところで、所詮助かる訳のものではない。どうぞおとなしく素直に裂かれてくれ。その代りにおれは今日かぎりで屹《きっ》とこの商売をやめる。判ったか。」

それが鰻に通じたとみえて、かれはからみ付いた手を素直に巻きほぐして、俎板の上で安々と裂かれた。吉次郎は先ず安心して、型のごとくに焼いて出すと、連《つれ》の客は死人を焼いたような匂いがすると云って箸を把《と》らなかった。山口屋の主人は半串ほど食うと、俄《にわか》に胸が悪くなって嘔《は》き出してしまった。

その夜なかの事である。うなぎの生簀のあたりで凄まじい物音がするので、家内の者はみな眼をさました。吉次郎は先ず手燭《てしょく》をとぼして蚊帳《かや》のなかから飛び出してゆくと、そこらには別に変った様子も見えなかった。夜中は生簀の蓋の上に重い石をのせて置くのであるが、その石も元のままになっているので、生簀に別条はないことと思いながら、念のためにその蓋をあけて見ると、沢山のうなぎは蛇のように頭をあげて一度にかれを睨んだ。

「これもおれの気のせいだ。」

こう思いながらよく視ると、ひとつ残っていた彼《か》の大うなぎは不思議に姿を隠してしまった。一度ならず、二度三度の不思議をみせられて、吉次郎はいよいよ怖ろしくなった。かれは夏のみじか夜の明けるを待ちかねて、養家のうなぎ屋を無断で出奔した。

上総《かずさ》に身寄りの者があるので、吉次郎は先ずそこへ辿《たど》り着いて、当分は忍んでいる事にした。しかし一旦その家の養子となった以上、いつまでも無断で姿を隠しているのはよくない。万一養家の親たちから駈落《かけおち》の届けでも出されると、おまえの身の為になるまいと周囲の者からも注意されたので、吉次郎は二月ほど経《た》ってから江戸の養家へたよりをして、自分は当分帰らないと云うことを断ってやると、養父からは是非一度帰って来い、何かの相談はその上のことにすると云って来たが、もとより帰る気のない吉次郎はそれに対して返事もしなかった。

こうして一年ほど過ぎた後に、江戸から突然に飛脚が来て、養父はこのごろ重病で頼みすくなくなったから、どうしても一度戻って来いと云うのであった。あるいは自分をおびき寄せる手だてではないかと一旦は疑ったが、まだ表向きは離縁になっている身でもないので、仮にも親の大病というのを聞き流していることも出来まいと思って、吉次郎は兎も角も浅草へ帰ってみると、養父の重病は事実であった。しかも養母は密夫をひき入れて、商売には碌々《ろくろく》に身を入れず、重体の亭主を奥の三畳へなげ込んだままで、誰も看病する者もないという有様であった。

余事は兎《と》もあれ、重病の主人を殆《ほとん》ど投げ遣《や》りにして置くのは何事であるかと、吉次郎もおどろいて養母を詰《なじ》ると、かれの返事はこうであった。

「おまえは遠方にいて何にも知らないから、そんなことを云うのだが、まあ、病人のそばに二、三日附いていて御覧、なにも彼《か》もみんな判るから。」

なにしろ病人をこんなところに置いてはいけないと、吉次郎は他の奉公人に指図して、養父の寝床を下座敷に移して、その日から自分が附切《つきき》りで看護することになったが、病人は口をきくことが出来なかった。薬も粥《かゆ》も喉へは通らないで、かれは水を飲むばかりであった。かれはうなぎのように頬をふくらせて息をついているばかりか、時々に寝床の上で泳ぐような形をみせた。医者もその病症はわからないと云った。しかし吉次郎には犇《ひしひし》と思いあたることがあるので、その枕もとへ寄《より》付かない養母をきびしく責める気にもなれなくなった。彼はあまりの浅ましさに涙を流した。

それから二月《ふたつき》ばかりで病人はとうとう死んだ。その葬式が済んだ後に、吉次郎はあらためて養家を立《たち》去ることになった。その時に彼は養母に注意した。

「おまえさんも再びこの商売をなさるな。」

「誰がこんなことをするものかね。」と、養母は身ぶるいするように云った。

吉次郎が左官になったのはその後のことである。

ここまで話して来て、鈴木有年は一《ひ》と息ついた。三人の前に据《す》えてある火鉢の炭も大方は白い灰になっていた。

「なんでもその鰻というのは馬鹿に大きいものであったそうです。」と、有年は更に附加えた。「伯父の手を三まきも巻いて、まだその尾のさきで脾腹を打ったというのですから、その大きさも長さも思いやられます。打たれた跡は打身《うちみ》のようになって、今でも暑さ寒さには痛むということです。」

それから又色々の話が出て、馬琴と有年とがそこを出たのは、その夜ももう四つ（午後十時）に近い頃であった。風はいつか吹きやんで、寒月が高く冴えていた。下町の家々の屋根は霜を置いたように白かった。途中で有年にわかれて、馬琴はひとりで歩いて帰った。

「この話を斎藤彦麿《さいとうひこまろ》に聞かして遣《や》りたいな。」と、馬琴は思った。「彦麿はなんというだろう。」

斎藤彦麿はその当時、江戸で有名の国学者である。彼は鰻が大すきで、毎日殆どかかさずに食っていた。それはかれの著作、「神代余波」のうちにこういう一節があるのを見てもわかる。

――かば焼もむかしは鰻の口より尾の方へ竹串を通して丸焼きにしたること、今の鯔《ぼら》このしろなどの魚田楽の如くにしたるよし聞き及べり。大江戸にては早くより天下無双の美味となりしは、水土よろしきゆえに最上のうなぎ出来て、三大都会にすぐれたる調理人群居すれば、一天四海に比類あるべからず、われ六、七歳のころより好み食ひて、八十歳までも無病なるはこの霊薬の効験にして、草根木皮のおよぶ所にあらず。

猫騒動の怪談

寛永六年九月、中村座で「花野嵯峨猫又稿」という通し狂言を上演しようとした。これは云うまでもなく、佐賀を嵯峨ともじったもので、鍋島の猫騒動を仕組んだのである。小団次が高山検校と後室嵯峨の方、団十郎が直島太領就繁と伊東壮太という役割で、すこぶる前景気はよかったのであるが、いよいよ初日という九月二十一日の前日の夕刻に、南の町奉行所から中村勘三郎に即刻出頭の差紙が来たので、すぐに猿若町一丁目の町名主同道で出頭すると、市中取締方東条八太夫の係りで、今度の狂言取仕組むこと相止め申すべくという申達しがあった。それは佐賀藩の鍋島家から左のような書面を町奉行所へ差出したからであった。

一、猿若町一丁目狂言座勘三郎芝居にて相催し候狂言仕組の内、此方家にまぎらわしき名目を取交ぜ候哉のおもむき浮説有之由、尤も取留め候儀には無御座候えども、万一末々の者心得ちがい等仕つり候てはと心配つかまつり候間、御勘考の上、然るべく御沙汰くだされ候様仕つり度、此段申上候。以上。

九月二十日　　松平肥前守内　　志波左輔太

この書面に署名している志波左輔太というのは、鍋島家江戸屋敷の定府である。猫騒動の事実の有無はさておいて、鍋島家から斯《こ》ういう申出であった以上、町奉行所でもこの興行を許しておくわけには行かないので、係りの与力はその書面を勘三郎にみせて、狂言見あわせを申渡したのである。いつの代も同じことで、たとい匿名や変名を用いても、それが事実にまぎらわしいという抗議が出てくれば已《や》むを得ない。中村座では早速にその狂言を見あわせて、あずま与五郎に搗きかえ、二十四日に初日を出した。元治元年の八月、再びこの猫騒動を舞台に持ち出すことになった。今度は前に懲りているので、嵯峨とも云わず、鍋島とも云わず、かの伊達与作や重の井の世界に持ち込んで、由留木家の猫騒動ということにして、名題も「百猫伝手綱染分」と据えた。その脚色者は三世瀬川如皐《じょこう》翁であった。如皐翁はその執筆を好まなかったが、座方からしいられてよんどころなく脚色することになった。如皐翁はひそかに化猫の祟りを恐れたのである。それについて何かの禍がなければよいと、初日前からびくびくしていたが、幸いに何事も無くて初日が明いた。その初日の夕方である。翁は自分の知人が土間へ見物に来ていたので、幕間《まくあい》にそこへ挨拶に行って、土間の竹につかまりながら中腰で何か話していると、どこから投げたのか知らないが、一つの猪口が飛んで来て其の眉間を打ち割ったので、生血がたらたらと流れ出して眼にしみた。如皐翁は思わずあっと云って俯伏した。そこらに居あわせた若い者もおどろいて、ともかくも如皐翁を茶屋へ連れて行って介抱した。疵口を水で洗って、塗薬などを附けて貰って、まず一と息ついたが、翁はなんだか気が落付かなかった。疵の痛みよりも胸が痛んで、どうも気色がわるいので、初日ではあるが楽屋の者に断わりを云って、翁は中途から帰ることにした。帰ると、翁は又おどろかされた。家の台所には細君が気をうしなって倒れていて、近所の人達が駆けあつまっている大騒ぎの最中であった。細君はやがて正気にかえったが、その話によると、細君が薄暗い台所に出て何か夕飯の支度をしている時、あたまの上で凄まじい物音がきこえたので、思わず顔をあげて振り仰ぐと、まだ明けてある引窓の口から大きい猫が睨んでいた。猫の顔はやがて引窓一杯の大きさで、その眼は鏡のように晃《ひか》っていた。細君はきゃっと云って倒れたのである。その話を聴かされて、如皐翁は更におびえた。顔の疵はその晩から熱をおこして、四五日煩らったということである。併しその芝居は大入りであったので、ある本屋はたちまち商売気を出して、猫騒動の草双紙を発行しようとして、その執筆を如皐翁のところへ頼みにゆくと、翁は言下に拒絶した。さらに河竹新七（後の黙阿弥翁）のところへ相談にゆくと、これも一《ひ》と思案した上で、まあ御免をねがいましょうと逃げを打った。結局そのお鉢が彼《か》の仮名垣魯文翁のところへ廻ると、魯文翁ちっとも恐れず安々とひき受けて書きはじめたが、別になんの祟りもなかった。「あの人は豪傑だ」如皐、新七の両作者は感嘆したと伝えられている。

桜姫と芋と狐と

鶴屋南北作の「桜姫東文章《さくらひめあづまぶんしょう》」で、吉田少将惟房《これふさ》というお公家様の息女桜姫が小塚ッ原の女郎になるというのは、随分奇抜の筋であるに相違ない。しかしこれは必ずしも南北の創意ではなく、江戸の町奉行所の手にもかゝって其頃大評判であった事実を取込んだもので、この時代の作者の慣用手段と云ってよい。それだけに観客にも受けたのであろう。物識りがって種あかしをするでもないが、まだご承知のない人たちの為に、ざっと其事実を紹介するのも何かの参考になるかも知れない。

それは蜀山人の「玉川砂利」のうちに書いてある。蜀山人は当時公用で多摩川方面に出役中で「玉川砂利」はそのあいだの見聞雑記ともいうべきものである。勿論、誰かの通信によったのであろうが、多摩川にいる蜀山人の耳にも這入ったくらいであるから、江戸市中における其の評判は思いやられた。「玉川砂利」には町奉行所申添書の全文をかゝげてあるがその要を摘むと左のごとくである。

品川宿の旅籠屋安右衛門の抱え売女にお琴という女があった。奉行所の申添書であるから、よし原以外の遊女屋をすべて旅籠屋と記してある。お琴は勤めのあいだに駈落をして浅草の善兵衛という者の家へ引き取られた。善兵衛は源空寺門前の久蔵の庇《ひさし》を借りているもので、どういう関係があったか判らないが駈落者のお琴を引き取って自分の養女分にしたのであった。単にそれだけのことであれば彼と遊女屋の悶着に過ぎないのであるが、かれら親子が奉行所の咎をうけたのは他に理由があった。

お琴は京都の日野中納言家の息女であると称していた。善兵衛は養父ながらその家来分になって、その名を若狭《わかさ》とあらためた。お琴は手蹟を能《よ》くしたらしく、色紙や短尺に和歌をかいて、正二位または左衛門局と署名していたが、公家の息女と云うのが諸人の尊敬と信用を得て、その筆蹟を所望するものも多かった。しかし一方にはかれの前身を知っている者もあって、品川の女郎が公家の娘であったというのはめづらしいと、色々に尾鰭をつけて言い触らすものもあるので、町奉行所でも捨て置かれなくなった。勿論、品川の抱え主からも駈落の告訴を出したので、お琴は町方の手に取押えられることになった。

しかし普通の駈落者とは違って、それが仮にも日野中納言家の息女と名乗っている以上、町方でも無暗に踏み込んで召捕るわけには行かないので、捕方の者は先《ま》づ善兵衛の宅へ出張して一応の身許しらべを行うと、お琴は日野家の娘に相違ないと答えた。品川へは芝の五兵衛という者の娘分で身売りをしたのであるが、その仔細は明かされないと云った。お琴は先づそれとしても、善兵衛はみだりに駈落者を引き取るばかりか、日野家の息女と知りながら訴え出る心体もなく、却って若狭などと改名して彼女に付添いあるいているのは不埒である。いづれにしても其儘には捨て置かれないというので、かれとお琴はあらためて奉行所へ呼び出された。

　初めて町奉行所へ出張したときのお琴の風俗は異体であった。かれは冠下《かんむりした》と称して髪を長く下げて、むらさき縮緬の鉢巻をしていた。身には白絹の小袖を被ていた。奉行の取調べに対して、かれは矢はり日野家の娘に相違ないと主張した。身分は正二位、左衛門内侍局であると云った。善兵衛もまったくそれを信じているらしかった。申添書その他には其吟味の模様が委しく記してあるが、奉行所の方でも一応の吟味では彼女を果して真物であるか、あるいは偽物であるかを看きわめることが出来なかったらしい。お琴はそのまゝに下げられて、更に京都表へ向けてその実否を問いあわせに遣ると、日野家ではそんな娘を持たないという返事が来た。

　お琴が真物であっても、偽物であっても、日野家としては斯《こ》う答えるの外はなかったであろう。おそらく偽物であったのであろうが奉行所の申添書には身分をいつわるとは記していない、「京都表糺しの上、日野家息女に無之段相分り候ふ上は、日野家息女との申分立ちがたく」とある。駈落者であるから元の抱え主に引き渡されそうなものであったが、彼女は「不届に付、重追放仰せ附けられ候」という判決を下された。善兵衛の咎めは案外に軽く済んで、かれに手錠を申渡された。この事件の落着したのは、文化四年四月十八日である。

いつの代《よ》にもおなじ人情で、ある者はその判決の通りに解釈して、お琴はなにかの山師事を巧むために、京都生れを幸いに公家の娘などと詐ったので、一種の女天一坊《おんな》に相違ないと云った。又ある者はどうも真物であるらしい、それは彼等の仕置が比較的に軽いのをみても察しられると云った。いづれにしてもこうした事件が南北の薬籠中のものとなったのである。

＊

蜀山人の随筆を紹介したついでに、彼にひどく憎まれた加賀屋歌右衛門のことをかく。これは前の事件の翌年、文化五年の冬である。当時江戸に下っていた中村歌右衛門は日本橋高砂町の名主で俳名をサイバ（西馬か）という男と懇意であった。その縁故で御厩河岸《おんまやがし》の米屋なにがしの贔屓になって、かれに連れられて吉原の丸海老屋へ遊びに行った。

勿論大店であるから、丸海老では歌右衛門を客にはしなかった。かれは単に座敷だけで帰ったのであるが、その座敷へ出た遊女が彼に一両一分の祝儀をやった。たとい歌右衛門であろうが何であろうが、相手が歌舞伎役者である以上、素手で帰すわけには行かないというのが其当時の吉原の遊女の権式であった。しかし歌右衛門は腹を立った。自分は加賀屋歌右衛門である。野幇間《のだいこ》同様に満座のなかで祝儀をくれるとは何事であるかと思ったが、贔屓客の手前もあるので、その場はおとなしく胸をさすって帰った。かれは駕籠にゆられて帰る途中で、その遊女に対する復讐の手段方法をかんがえた。そうして、その遊女の口の鉄漿《おはぐろ》がすこし剝げていたのを思い出したときに、かれは拱んでいる腕をほどいて膝を打った。

歌右衛門はあくる日、自分の附人に云いつけて、ゆうべ貰った一両一分だけの鉄漿を買わせた。そうして、昨夜の返礼として彼の遊女のところへ届けさせた。それを受取った女も勿論立腹したに相違なかったが、丸海老屋では更に怒った。歌舞伎役者、殊に上方者の分際で、江戸のよし原の遊女に対して面当てがましいこの贈り物は言語道断である。しかし先方からわざ〳〵届けて来たものを受取らぬのも卑怯であるというので、ともかくも礼を云って受取って、とりあえずその返礼として酒十駄を歌右衛門に贈った。但しそれはおたがいの挨拶であって、歌右衛門がこっちに対して挑戦的の態度を取ったという問題はまだ解決されないのであった。丸海老でも色々肝胆を砕いてその報復手段を講ずることになった。

気の早いものは歌右衛門の宿へ押掛けて行って、かれの面へ鉄漿を塗ってやれと云った。

しかし丸海老ではそんな平凡な復讐手段に満足しなかった。相手が皮肉に出て来た以上、こっちも皮肉な復讐をして彼を苦しめなければどうも勘弁が出来ないと思っていると、こゝに一人の智恵者があらわれた。それは丸海老の主人自身であるか、あるいは他の軍師であるか判明しないが、ともかくも相手を困らせるという意味に於ては最も痛烈なる手段を案出したのであった。

丸海老ではすぐに下谷の金杉や箕輪の方面に手をまわして、金廿両の芋を買い占めさせた。この時代に金廿両の芋を買ったら何俵あるかわからない。それを大八車で送り込んで、よし原からの贈り物として歌右衛門が出勤している堺町の芝居の木戸まえに積み上げさせようというのであった。積物に事を欠いて、芋俵を山のように積まれては堪らない。誰が内通したか、それが歌右衛門の耳にきこえたので、さすが強情我慢の彼もおどろいた。こんなことをされては江戸中の物笑いにならなければならない。かれはこの手痛い復讐をひどく恐れた。もう斯うなったら尋常に兜をぬいで降参するのほかないと覚悟して、前に云った高砂町の名主のところへ彼はすぐに駆けつけると、名主もこれには肝をひしがれた。

併しこういう行きがかりになっていては、直接に丸海老にかけ合っても所詮埒《らち》があくまいと思ったので、高砂町の名主はよし原の名主にむかって其仲裁をたのむことにした。名主は迷惑に思ったが、丸海老を色々に説得して、ようやく勘弁させることにした。丸海老に対して歌右衛門からあらためて詫《わび》を入れたのは云うまでもない。これで先ず芋の贈りものはくいとめたが、その前に贈られた酒十駄の返礼として、歌右衛門は沢山の鴨を入れた青籠をよし原へ贈った。

この問題がようやく解決すると、あくる文化六年正月元日の晩に日本橋左内町の家主茂兵衛の宅から出火して、堺町葺屋町の芝居はみな焼けてしまった。その前年、中村座で歌右衛門が清盛を勤めて、唐装束で夕日をまねき返すところを演じたので、それが火を招く前表であったと江戸中で噂された。

＊

七代目の河原崎権之助――九代目團十郎の養父になって、後に押込みの賊に斬られて死んだ。――の壮年時代にこんな話が伝えられている。

権之助はその頃の芝居者に似合わない、素行の正しい厳格の人物であった。しかも豪胆で意地の強い男で、味方にすれば千人力、敵にまわせば手に負えない。むかしの髭の自休などというのも丁度こんな人物であったろうと、七代目團十郎はひそかに畏敬していたというほどで、彼が強盗に屈しないで、あたら非命の死を遂げたのも、畢竟《ひっきょう》はその負けじ魂が禍をなしたのであろうと云われている。彼の死は慶應の末年で、これは嘉永年間のことである。権之助はある秋の日、本所報恩寺橋の雁金屋の寮へ行って、帰る頃にはもう宵過ぎていた。

供の下男に提灯を持たせて、本所三笠町の屋敷町を通りかゝると、横町から十六七の娘が素足でかけ出して来て、その袂にすがった。かれは助けてくれと権之助に泣いて頼むのであった。その仔細をきくと、かれは日本橋横山町の町医者の娘で、親類にあたる本所の与力なにがしの家へ行儀見習いに行っている者であるが、その屋敷の次男が彼女に懸想して屢々云いよるのを、娘はいつも情《すげ》なく断わっていた。次男は大いに腹を立って、今夜は家内みな出払っている留守をみて執念《しゅうね》く彼女に云い寄った。そうして、どうしてもおれの心にしたがわなければ覚悟があると、彼は脇差をぬいて嚇《おど》したので、娘は絶対《ママ》絶命の危い場をどうにか断《こ》うにか摺りぬけて、ともかくもこゝまで逃げ出して来たとのことであった。

なるほどそんな災難に出逢いそうな娘らしく、提灯に照された彼女の顔はすぐれて美しかった。権之助も気の毒に思った。

しかし彼は浅草へ帰るのである。娘の宿許は横山町で、まるで其方角が違うのだから、権之助は一緒に帰るわけには行かなかった。さりとて若い美しい娘を唯ひとりで帰してやるのは不安であった。権之助は駕籠を雇って娘を乗せて、供の下男に送らせてやろうと云ったが、娘はそれを断わった。自分は血の道があるので、船や駕籠に乗るとすぐに眩暈《めまい》がするから、たとい夜道が不安でも徒《かち》でゆくより外はないと心細そうに云った。権之助はこれには困った。徒歩きとなると、やはり年の若い下男ひとりを附けても遣られないので、結局かれも一緒に連れ立って娘を横山町の家まで送りとゞけて遣ることになった。

娘は跣足である。定めて冷たくもあろう、難儀でもあろうが、そこらの町家《まちや》のあるところまで行きぬけたらば草履を売る所もあろうと権之助は先に立ってあるき出した。半町ほど行くうちに月が明るくなった。こゝらは往来の少ない屋敷町で、ところ〴〵には竹藪などもあった。どこかで月夜鴉の声もきこえた。権之助はふと気がついて、今更のように娘の姿を見かえると、彼女は夜露を恐れるように、袖をかきあわせて俯向き勝に歩いていた。

権之助はそっと懐中を探って、太い煙管を逆手に持った。かれはわざと娘のそばへ摺寄って、たわむれるようにその手を握ると、娘は別に振り払おうともしなかった。彼女は引かるゝままに男に寄添って来た。もう半町ばかりゆくと、そこには辻番があるのを知っているので、権之助は握った手を弛めもしないで歩いてゆくと、月は又しばらく雲に隠れて、大地にうつる三人の影を暗くしてしまった。辻番所がもう目のまえに近づいたときに、権之助は娘の手をいよ〳〵固く握った。あまりに強く握られて、娘は思わず見かえったところを権之助は片手に持っている煙管を取り出して、その島田髷の頭のうえを骨も砕けろと続けさまに突いた。不意におどろいて、娘は声をも立て得なかった。かれは摑まれた手をふりもぎって逃げようとしたが、権之助は少しも弛めないで、猶もつゞけて幾たびか突いた。繊弱《かよわ》い娘を小突きまわして、引き摺り倒して、踏みにじった。供の下男は呆気《あっけ》に取られてうろ〱していると、この騒ぎをみて辻番所から番人もかけ付けて来た。

権之助は下男に向って、その辻番人の棒をお借り申して、この女をぶちのめせと云った。下男はその指図通りにすると、権之助は更に声を励まして、その女は化物だ、容赦せずに打ち殺せと云った。下男はつゞけて打った。権之助にさいなまれ、下男に打ち据えられて娘は半死半生になって倒れたまゝで再び起きあがる気力もなかった。権之助は今までの始末を辻番人に訴えて、これは狐か狸の化物に相違ないと云った。その証拠には、さっき月が出たときに、地面に映った三人の影、その二つは確かに男の影であったが、その一つは人の影でなかった。それは獣の姿のようにみえて尖った耳までも映っていたと彼は説明した。

その頃の本所に狐や狸の出るのはめづらしくなかった。狐や狸の化けるということも諸人に信じられていた。辻番人は半信半疑でその娘を引き起そうとして、思わずあっと叫んだ。娘の姿はいつの間には《ママ》年古る狐に変わっていたのであった。憎い畜生めと権之助は云った。しかしこのまゝに捨てて置いて、犬に食わせるのも不憫だというので、かれは下男と二人でその狐を向う側の藪の際まで引摺ってゆくと、狐はまだ生きていた。これに懲りて再びこんな悪さをするなよと云い聴かせて、権之助はかれを放してやると、狐はよろ〱と這いまわりながら藪のなかへ姿をかくした。渡辺綱の戻り橋も大方こんなことであったろうと、権之助は後日に人に語ったということである。

四谷怪談異説

　四谷怪談といえば何人もおなじみであるが、扨《さて》その実録は伝わっていない。四谷左門町に住んでいた田宮伊右衛門という侍がその妻のお岩を虐待して死に至らしめ、その亡魂が祟りをなして田宮の家は遂にほろびたというのが、先ず普通一般に信じられている伝説である。しかもそんなたぐいの話は支那に沢山あるから、お岩のことも矢はり支那から輸入されたものではないかと思われるが、現に江戸時代には左門町にお岩稲荷があり、今日でも越前堀に田宮稲荷が現存している以上、まったく根拠のないことでもないらしい。

　それに就いて、こういう異説がまた伝えられている。お岩稲荷はお岩その人を祀ったのではなくして、お岩が尊崇していた神を祀ったのであると云うのである。即ち田宮なにがしと云う貧困の武士があって、何分にも世帯を持ちつづけることが出来ないので、妻のお岩と相談の上で一先ず夫婦別れをして、夫はある屋敷に住み込み、妻もある武家に奉公することになった。お岩は貞女で、再び世帯を持つときの用意として年々の給料を貯蓄しているばかりか、その奉公している屋敷内の稲荷の社に日参して、一日も早く夫婦が一つに寄合うことが出来るようにと祈願していた。それが主人の耳にもきこえたので、主人も大いに同情して、かれの為に色々の世話を焼いて結局お岩夫婦は元のごとくに同棲することになった。

主人のなさけも勿論であるが、これも日ごろ信ずる稲荷大明神の霊験であるというので、お岩は自分の屋敷内にも彼《か》の稲荷を勧請して朝夕に参拝した。それを聞き伝えて、自分たちにも拝ませてくれと云う者がだんだんに殖《ふ》えて来た。お岩はそれを拒まずに誰にもこころよく参拝を許した。その稲荷には定まった名が無かったので、誰が云い出したともなしにお岩稲荷と一般に呼ばれるようになった。こういうわけで、お岩稲荷の縁起は、徹頭徹尾おめでたいことであるにも拘らず、講釈師や狂言作者がそれを敷衍《ふえん》して勝手な怪談に作り出し、世間が又それに雷同したのである。お岩が鬼になったから鬼横町であるなどというのも妄誕不稽で、鬼横町などという地名は番町にもあるから証拠にはならない。

この説もかなり有力であったらしく、現にわたしの父などもそれを主張していた。ほかに四、五人の老人からも同じような説を聴いた。してみると、お岩稲荷について、下町派即ち町人派の唱えるところは一種の怪談で、山の手派即ち武家派の唱えるところは、一種の美談であるらしい。尤もその事件が武家に関することであるから、武家派は自家弁護のために都合のいい美談をこしらえ出したのかも知れない。怪談か美談か、兎《と》もかくも一説として掲げて置く。勿論、南北翁の傑作に対して異論を挾《さしはさ》むなどと云うわけでは決して無い。

自来也の話

自来也《じらいや》も芝居や草双紙でおなじみの深いものである。わたしも「喜劇自来也」をかいた。自来也は我来也《がらいや》で、その話は宋の沈俶《ちんしゅく》の「諧史《かいし》」に載せてある。

京城《けいじょう》に一人の兇賊が徘徊した。かれは人家で賊を働いて、その立去《たちさ》るときには必ず白粉《はくふん》を以て我来也（われ来《きた》れるなり）の三字を門や壁に大きく書いてゆく。官でも厳重に捜索するが容易に捕われない。かれは相変らず我来也を大書して、そこらを暴《あら》してあるく。その噂がますます高くなって、賊といえば我来也の専売のようになってしまって、役人達も賊を捕えろとは云わず、唯だ我来也を捕えろと云って騒いでいるうちに、一人の賊が臨安《りんあん》で捕われた。捕えた者は彼こそ確かに我来也であると主張するのであるが、捕えられた本人はおぼえもない濡衣《ぬれぎぬ》であると主張する。臨安の市尹《しいん》は後に尚書《しょうしょ》となった趙という人で、名奉行のきこえ高い才子であったが、何分にも証拠がないので裁くことが出来ない。どこかに贓品《しょうひん》を隠匿しているであろうと詮議したが、それも見あたらない。さりとて迂闊に放免するわけにも行かないので、そのまま獄屋につないで置くと、その囚人がある夜ひそかに獄卒にささやいた。

「わたくしは盗賊に相違ありませんが、まったく彼《か》の我来也ではありません。しかしこうなったら何《ど》の道無事に助からないことは覚悟していますから、どうかまあ勦《いた》わって下さい。そのお礼としてお前さんに差上げるものがあります。あの宝叔塔《ほうしゆくとう》の幾階目に白金が少しばかり隠してありますから、どうぞ取出《とりだ》して御勝手にお使いください。」

「それはありがたい。」

とは云ったが、獄卒は又かんがえた。かの塔の上には登る人が多いので、迂闊に取出しにゆくことは出来ない。第一あんなに人目の多いところに金をかくして置くと云うことが疑わしい。こいつそんなことを云って、おれに戯《からか》うのではないかと躊躇していると、かれはその肚《はら》のなかを見透かしたように又云った。

「旦那、疑うことはありません。寂しいところへ物を隠すなどは素人のすることで、なるたけ人目の多い賑かいところへ隠して置くのがわたくし共の秘伝です。まあ、だまされたと思って行って御覧なさい。あしたはあの寺に仏事があって、塔の上には夜通し灯火《あかり》がついていいます。あなたも参詣の振りをして、そこらをうろうろしながら巧く取出しておいでなさい。」

教えられた通りに行ってみると、果して白金が獄卒の手に入ったので、かれは大いに喜んだ。そのうちの幾らかで酒と肉とを買って内所《ないしょ》で囚人にも馳走してやると、それから五、六日経って、囚人は又ささやいた。

「もし、旦那。わたくしはまだ外にも隠したものがあります。それは甕《かめ》に入れて、侍郎橋の水のなかに沈めてありますから、もう一度行ってお取りなさい。」

獄卒はもう彼の云うことを疑わなかったが、侍郎橋も朝から晩まで往来の多いところである。どうしてそれを探しにゆくかと思案していると、囚人は更に教えた。

「あすこは真昼間ゆくに限ります。あなたの家の人が竹籠へ洗濯物を入れて行って、橋の下で洗っている振りをしながら、窃《そっ》とその甕を探し出して籠に入れる。そうして、その上に洗濯の着物をかぶせて抱えて帰る。そうすれば誰も気がつきますまい。」

「なるほど、お前は悪智慧があるな。」

獄卒は感心して、その云う通りに実行すると、今度も果して甕を見つけ出した。甕には沢山の金銀が這入っていた。獄卒は又よろこんで、しきりに囚人に御馳走をして遣っていると、ある夜更けに囚人が又云った。

「旦那、お願いがございます。今夜わたくしを鳥渡《ちょっと》出してくれませんか。」

それは獄卒も承知しなかった。

「飛んでもない。そんなことが出来るものか。」

「いや、決して御心配には及びません。夜のあけるまでには屹《きっ》と帰って来ます。あなたが何《ど》うしても承知してくれなければ、わたくしにも料簡があります。わたくしにも口がありますから、お白洲へ出て何をしゃべるか判りません。そう思っていてください。」

獄卒もこれには困った。飽《あく》までも不承知だといえば、這奴《こいつ》は白洲へ出て宝叔塔や侍郎橋の一件をべらべらしゃべるに相違ない。それが発覚したら我身の大事となるのは知れている。飛んでもない脅迫をうけて、獄卒も今さら途方にくれたが、結局よんどころなしに出してやると、かれは約束通りに戻って来て、再び手枷首枷をはめられて獄屋のなかにおとなしく這入っていた。

夜があけると、臨安の町に一つの事件が起っていることが発見された。ある家へ盗賊が忍び入って金銀をぬすみ、その壁に我来也と大きく書き残して立去ったと云うのである。その訴えに接して、名奉行の趙も思わず嘆息した。

「おれは今まで自分の裁判にあやまちは無いと信じていたが、今度ばかりは危く仕損じるところであった。我来也は外にいる。この獄屋につないであるのは全く人違いだ。多寡《たか》が狐鼠狐鼠《こそこそ》どろぼうだから、杖罪で放逐してしまえ。」

彼《か》の囚人は獄屋からひき出されて、背中を幾つか叩かれて放免された。これでこの方の埒《らち》があいて、獄卒は自分の家へ帰ると、その妻は待ち兼ねたように話した。

「ゆうべ夜なかに門をたたく者があるので、あなたが帰ったのかと思って門をあけると、誰だか知らない人が二つの布嚢《ぬのぶくろ》をかついで来て、黙って投《ほう》り込んで行きました。なんだろうと思って検《あらた》めてみると、嚢のなかには金銀が一杯詰め込んでありました。」

獄卒は覚った。

「よし、よし、こんなことは誰にも云うなよ。」

それから間もなく、獄卒は病気を云い立てに辞職して、その金銀で一生を安楽に送った。我来也はそれから何《ど》うしたか判らない。獄卒のせがれは放蕩者で、両親のない後にその遺産をすっかり遣い果してしまった。

「おれの身代はもともと悪銭で出来たのだから、こうなるのが当りまえだ。」と、その伜《せがれ》が初めて昔の秘密を他人に明かした。

支那の我来也は先ずこういう筋である。日本でこの我来也を有名にしたのは、感和亭鬼武《かんわていおにたけ》が最初であるらしい。鬼武は本名を前野曼助《まえのまんすけ》といい、以前は某藩侯の家来であったが、後に仕《つかえ》を辞して飯田町に住み、更に浅草の姥《うば》ヶ池のほとりに住んでいたという。かれの著作は沢山あるが、そのなかで第一の当り作は「自来也物語」十冊で、我来也を自来也に作りかえたのが非常の好評を博して、文化四年には大阪で歌舞伎狂言に仕組まれ、三代目市川団蔵の自来也がまた大当りであった。絵入りの読本《よみほん》を歌舞伎に仕組んだのはこれが始まりであると云うのをみても、いかに「自来也物語」が流行したかを想像することが出来る。そのほかに矢はり鬼武の作で「自雷也話説《ばなし》」という作があるというが、わたしはそれを読んだことがない。おそらく自来也が当ったので、又なにか書いたのであろう。そうして、自来也を更に自雷也と改めたらしい。

こういうわけで、支那の我来也が日本の自来也となり、更に自雷也となったのであるが、それがまた児雷也と変ったのは美図垣笑顔《みずがきえがお》から始まったのである。笑顔は芝の涌泉堂《ようせんどう》という本屋の主人で、傍らに著作の筆を執っていたが、何か一つ当り物をこしらえようと考えた末に、かの鬼武の「自来也物語」から思いついて、蝦蟇《がま》の妖術、大蛇《おろち》の怪異という角書《つのがき》をつけて「児雷也豪傑譚《ものがたり》」という草双紙を芝神明前の和泉《いずみ》屋から出すと、これが果して大当りに当った。所詮は鬼武の「自来也物語」を焼き直したものであるが、主人公の盗賊児雷也を前茶筌の優姿《やさすがた》にして、田舎源氏の光氏式に描かせた趣向がひどく人気に投じたらしい。画家は二代目豊国である。

「児雷也豪傑譚」の初編の出たのは天保十年で、作者も最初から全部の腹案が立っていた訳でもないらしく、それが大当りを取ったところから、図に乗って止度《とめど》も無しに書きつづけているうちに、第十一編を名残として嘉永二年に作者は死んだ。しかも児雷也の流行は衰えないので、そのあとを柳下亭種員《りゅうかていたねかず》がつづけて書く。又そのあとを二代目の種員が書くというわけで、いよいよ止度《とめど》が無くなって、幕末の慶応二年には第四十四編まで漕ぎ付けたのである。兎《と》もかくも彼《か》の「田舎源氏」や「しらぬい譚《ものがたり》」や「釈迦八相」などと相列《なら》んで、江戸時代における草双紙中の大物と云わなければならない。

この作がそれほどに人気を得たのは、前に云った豊国の挿絵が時好に投じたのと、もう一つには人気俳優の八代目団十郎が児雷也を勤めたと云うことにも因るらしい。尤もこの作の評判がよいから、芝居の方でも上演したのであろうが、それに因ってこの作も、更に一層の人気を高め、女子供に愛読されたことも又争われない事実であろう。その上演は嘉永五年、河原崎座の七月興行で、原作の初編から十編までを脚色して、外題はやはり「児雷也豪傑譚話《ものがたり》」――主なる役割は児雷也（団十郎）、妖婦越路、傾城あやめ、女巡礼綱手《つなで》（岩井粂三郎）、高砂勇美之助《たかさごゆみのすけ》、大蛇丸《おろちまる》（嵐璃寛《りかん》）などであった。

この脚色者は黙阿弥翁である。翁が後年、條野採菊《じょうのさいぎく》翁に語ったところによると、河原崎座の座主河原崎権之助という人は新狂言が嫌いで、なんでも芝居は古いものに限ると主張しているので、黙阿弥翁が何か新狂言の腹案を提出しても一向に取合わない。これには黙阿弥翁も困り抜いていると、かの「児雷也」の草双紙の評判がよいので、流石《さすが》の権之助も一つ遣《や》ってみようかと云い出し、黙阿弥翁もここだと腕を揮《ふる》って脚色すると、その狂言が大当りを取ったので、権之助もすこし考え直したとみえて、来年も何か草双紙を仕組んでくれと云い、今度は「しらぬい譚」を脚色すると、これが又当ったので、権之助もいよいよ兜《かぶと》をぬぎ、成《なる》程《ほど》これからの芝居は新狂言でなければいけないと云い出した。黙阿弥翁もそれに勢いを得て、つづいて「小幡小平次」をかき、「忍ぶの惣太」を書き、ここに初めて狂言作者としての位地を確立したのであるという。

勿論、黙阿弥翁のことであるから、遅かれ早かれ世に出るには相違ないが、ここに「児雷也豪傑譚」という評判物の草双紙がなかったらば、或《ある》いはその出世が三年や五年はおくれたかも知れない。してみると、児雷也と黙阿弥翁、その間に一種の因縁がないでもないように思われる。

鬼武が最初に我来也を自来也にあらためたのは、我来也という発音が日本人の耳に好い響きをあたえない為であったらしい。それでも「我来」を「自来」に改めたのはまだ好い。更に「自雷」にあらためたのは何《ど》ういうわけか判らない。まして後の作者が「児雷」に改めたのは、いよいよ拙《つた》ない。しかもそれが最も広く伝わったので、児雷也というのが一般的の名になってしまった。

円朝全集

ある人が来て何かの話の末に、このごろ円朝全集を読みつゞけているが、どれも予想したほどに面白くない。あれでも名人であるのかしらと云うような話があった。勿論その人は円朝の口演を実際に聴いたことのない二十代の青年である。

予想したほどに面白くない。――それは寧ろ当然であると、私は答えた。

円朝全集は円朝の口演を速記したものであるから、単に活字の上で読んだのでは其の興味を感じられないのは当然ではあるまいか。たとい相当の興味を感じ得られるとしても、その実際よりも大いに割引されるのは見易き道理である。たとえば、雨がザッと降って来たと云っても、それが円朝の口から出れば、いかにも大雨沛然《はいぜん》として来った感じをあたえるが、活字の上では単にそれだけのことである。円朝の名人たるのは其の話術の妙にある。而《しか》もそれを活字の上で読んだのではどうにもならない訳である。

円朝が曾てその弟子達を戒めたという話が伝わっている。

「おまえ達は物をくどく云うからいけない。たとえばお化が出たときに、お前達は『わあ、大変だ。お化が出た。』という。それでは話というものにならない。唯、『わあ』という一句で、お化が出て大変だというだけの意味を含ませなければいけない。『わあ、大変だ。お化が出た。』というのは小説である。小説は文字の上だけで読むのであるから、一々叮嚀に『わあ、大変だ。お化が出た。』と書かなければならないが、話は口でいうのであるから、その云い方でどうにでもなる。少なくとも『わあ、大変だ。』ぐらいで聴き手に会得させる工夫をしなければいけない。」

円遊もおなじようなことを私に語ったことがある。

「話でくどいことを説明するのはいけません。早い話が『表へ出ると、真暗でございます。』という。その『真暗でございます。』の一句で、いかにも夜の暗いことを感じさせるのが話の上手というものです。それをくどく説明して、『一寸先も見えない』とか、『墨を流したように黒い』とか、色々のことをならべ立てるのは初心の者のやることで、却って聴き手の受けが悪いものです。」

わたしは若いときに円朝の話をしばく〳〵聴いたことがあるが、その話は円朝全集にあらわれているものよりも更に簡潔であったように記憶している。円朝全集の原稿はやまと新聞その他に掲載されたものを土台にしているものが多い。新聞社ではそれを連日の続きものとして読ませる都合上、幾分か其の口演に加筆したように思われる箇所が無いでもない。いづれにしても、円朝等は自分のイキ一つで其の話を面白くも聴かせ、悲しくも嬉しくも、物凄くも怖ろしくも、聞かせるのを能事としていたのであるから、それを高坐の上から聴かないで、紙の上や活字の上から見ようというのは間違っている。その間違いを棚にあげて、予想したほどに面白くないなどと云われては、円朝も迷惑するであろう。

それは円朝等の人情話や落語ばかりではない。戯曲の上にも同様であると思う。作者が舞台の上で観るべく書いてある戯曲を、単に紙の上や活字の上で読んだだけで、面白いとか面白くないとか云う批評は容易に下せる筈のものでない。前に云った円朝の「わあ」や、円遊の「真暗」とおなじことで、文字の上では何だか物足らない、興味の薄いもののように感じられても、それが舞台の上で実演されると、思いのほかの効果を挙げ得ることがある。落語ばかりでなく、芝居にもイキがある。そのイキは舞台に掛けてみなければ、本当にわかるものので無い。その意味から云うと、円朝等もその口演の筆記を発表せず、劇作家もその戯曲の原稿を発表せず、前者は高坐に於てのみ、後者は舞台に於てのみ発表するのが最も安全であるとも考えられる。むかしの人達は皆それであった。

しかし今日ではそうも行かない。そうして、円朝は活字の上で批評を受け、戯曲作者は活字の上で批評を受けなければならないのである。

妖怪漫談

このごろ少しく調べることがあって、支那の怪談本――といっても、支那の小説あるいは筆記のたぐいは総てみな怪談本といっても好いのであるが――を猟《あさ》ってみると、遠くは『今昔物語』、『宇治拾遺物語』の類から、更に下って江戸の著作にあらわれている我国の怪談というものは、大抵は支那から輸入されている。それは勿論、誰でも知っていることで、私自身も今はじめて発見したわけでもないが、読めば読むほどなるほどそうだということがつくづく感じられる。

わたしは支那の書物を多く読んでいない。支那文学研究者の眼から看《み》たらば、殆《ほとん》ど子供に等しいものであろう。その私ですらもこれだけの発見をするのであるから、専門の研究者に聞いてみたらば、我国古来の怪談はことごとく支那から輸入されたもので、我が創作は殆どないということになるかも知れない。

時代の関係上、鎌倉時代の産物たる『今昔物語』その他は、主として漢魏、六朝、唐、宋の怪談で、かの『捜神記』、『酉陽雑俎《ゆうようざっそ》』、『宣室志』、『夷堅志』、などの系統である。室町時代から江戸時代の初期になると、元明の怪談や伝説が輸入されて元の『輟耕録《てっこうろく》』や、明の『剪灯新話《せんとうしんわ》』などの系統が時を得て来たのである。清朝の書物はあまりに輸入されなかったが、あるいは時代の関係からか、康熙乾隆嘉慶にわたって沢山の著書があらわれているにもかかわらず、江戸時代の怪談にはかの『聊斎志異《りょうさいしい》』を始めとして、『池北偶談』や『子不語』や『閲微草堂筆記』などの系統を引いているものは殆ど見られないようである。大体に於て、わが国の怪談は六朝、唐、五代、宋、金、元、明の輸入品であるといって好かろう。

そこで、いやしくも著作をするほどの人は、支那の書物も読めたであろうが、かの伝説のごときは誰が語り伝えて世に拡《ひろ》めたものか。交通の多い港のような土地には、支那に往来した人も住んでいたであろうし、または来船の支那人から直接に聞かされたのもあろうが、交通の不便な山村僻地にまでも支那の怪談が行き渡って、そこに種々の伝説を作り出したということは、今から考えると不思議のようでもあるが、事実はどうにも枉《ま》げられないのである。

支那では神仙怪異の事という。しかもその神仙のうちで、仙人の話はあまり我国に行われていない。勿論、仙人という言葉もあり、またその事実も伝えられてはいるが、その類例は甚だ少い。仙人はわが国に多く歓迎されなかったと見える。仙人を羨むなどという考えはなかったらしい。支那で最も多いのは、幽鬼、寃鬼《えんき》即ち人間の幽霊であるが、我国でも人間の幽霊話が最も多いようである。同じ幽霊でも幽鬼は種々の意味でこの世に迷って出るのであるが、寃鬼は何かの怚《うらみ》があって出るに決まっている。わが国には幽鬼も寃鬼も多い。それは支那と同様である。

我国では死人に魔がさして踊り出すとかいって、専らそれを猫の仕業と認めている。支那にも同様の伝説があるがまた別に僵尸《きょうし》とか走尸《そうし》とかいうものがある。これは死人が棺を破って暴れ出して、むやみに人を追うのであるが、さのみ珍しくない事とみえて、こういう話がしばしば伝えられている。年を経た死体には長い毛が生えているなどという。我国にはこんな怪談はあまり聞かないようである。

幽霊に次いで最も多いのは狐の怪である。支那では狐というものを人間と獣類との中間に位する動物と認めているらしい。従って、狐は人間に化けるどころか、修煉《しゅうれん》に因《よっ》ては仙人ともなり、あるいは天狐などというものにもなり得ることになっている。我国では葛の葉狐などが珍しそうに伝えられているが、あんな話は支那には無数というほどに沢山あって、勿論支那から輸入されたものである。狐に次いではやはり蛇の怪が多い。我国では蛇が女に化けたというのが多く、そうして何か執念深いような話に作られている。支那でもかの『西湖佳《せいこか》話《わ》』のうちにある雷峰怪蹟の蛇妖のごときは、上田秋成の『雨月物語』に飜案された通りであるが、比較的に妖麗な女に化けるというのは少い。その多くは老人か、偉丈夫に化けて来るのであって、寧《むし》ろ男性的である。そうして、その正体は蛇蟒《だもう》とか、蚺蛇《ぜんだ》とかいうような巨大な物となって現れるのである。我国でもかの八股《やまた》の大蛇《おろち》や九州の緒形三郎の父の伝説の如きは、この男性的の系統を引いているらしいが、大体に於て支那の蛇妖は男性的、我国の蛇妖は女性的が多い。

そこで、支那と我国との怪談の相違を求めると、狐狸と一口にいうものの支那では狸の化けたということは比較的少い。決して絶無というわけではなく、老狸の怪談も多少伝えられてはいるが、狐とは比較にならないほどに少い。狸の怪談は我国の方が普遍的であるらしい。もっとも支那では熊が化ける、猿が化ける、猪が化ける、鹿が化ける、兎が化ける、犬が化ける、猫が化けるというわけで、大抵の動物はみな化けるのであるから、狸ばかりが特に跋《ばっ》扈《こ》することを許されないのかも知れない。前にもいう通り、猫も勿論化けるのであるが、我国の猫騒動などというような大掛りの怪談はない。我国では、ややもすれば「化け猫」などという言葉を用いるが、支那では猫を怪物とは認めていないらしい。狸と猫は我国に於て、特に化物扱いをされてしまったのである。

生れ変るというのは別問題として、支那では人間が生きながら他の動物に変ずるという怪談が頗《すこぶ》る多い。殊《こと》に虎に変ずる例が多い。『捜神記』には女が海亀に変じたという話もある。

我国には虎が棲《す》まないために、虎の怪談は絶無であるが、さりとて生きながら他の動物に変じたという怪談も少いようである。

支那でも河童《かっぱ》というものを全然否認してはいないで、水虎などという名称を与えているのであるが、河童の怪談などは殆ど聞えない。それに似たような怪談は獺《かわうそ》か亀のたぐいが名代を勤めているようである。河童の正体は恐らく、すっぽんであろうと察せられるが、どうしてそれが河童として、日本全国に拡められたのか、これだけは殆ど我国の独占といってよい。それに反して、竜は支那の専売である。我国でもたつといい、竜巻きなどともいうが、竜に関する怪異を説いた人は少い。畢竟《ひっきょう》は竜に類する鰐魚《がくぎょ》や、巨大な海蛇などが棲息しないためであろうと思われる。

支那には魚妖の話がしばしば伝えられている。魚類が男に化け女に化けて種々の妖をなすのであるが、これも我国には稀れである。支那に鮫人《こうじん》の伝説はあるが、人魚の話はない。ただ一つ『徂異記《そいき》』のうちに高麗へ使する海中で、紅裳を着けた婦人を見たと伝えている。我国でも西鶴の『武道伝来記』に松前の武士が人魚を射たという話を載せているが、他には人魚の話を書いたのは少く、人魚という名が遍《あまね》く知られている割合に、その怪談は伝わっていないらしい。

支那にも、我国にも怪鳥という言葉はあるが、さて何が怪鳥であるかということは明瞭でない。普通に見馴れない怪しい鳥を怪鳥ということにしているらしい。我国では、先ず鵺《ぬえ》や五位鷺《ごいさぎ》を怪鳥の部に編入し、支那では鵂鶹《きゅうし》を怪鳥としている。鵂鶹は鷹に似てよく人語をなし、好んで小児の脳を啖《くら》うなどと伝えられている。天狗も河童と同様で、支那ではあまりに説かれていない。『山海経《せんがいきょう》』に「陰山に獣ありそのかたち狸の如くして白首、名づけて天狗といふ」というのであるから、我国の天狗には当嵌《あては》まらない。我国のいわゆる天狗は鷲の類で、人をつかみ去るがために恐れられたのであろう。

こんな風に種類分けをすると、支那とはよほど相違しているようであるが、それは単に形の上の相違にとどまってその怪談の内容は大抵支那から輸入されていることは前にいった通りである。

番町皿屋敷――「創作の思い出」より

わたしも詳しいことは知らないが、皿屋敷伝説は支那から輸入されたものであるらしい。それが諸国にひろがって、皿屋敷の故蹟や伝説を残しているが、そのなかで最も有名になっているのは、播州《ばんしゅう》と番町《ばんちょう》である。ご承知の通り、播州にはお菊虫などという名物さえ残っている位で、浄瑠璃にも「播州皿屋舗」の作がある。

播州と番町と、その発音の似ている為か、或いは偶然の暗号か、江戸では番町の怪談として有名である。かの「江戸砂子」や「新編江戸志」などにも同様の記事の見えるのから察すると、相当に遠い昔から云い伝えられていたものらしい。その皿屋敷の主人の名は青山主膳、青山播磨、小幡播磨など色々に伝えられているが、女の名は皆お菊である。

皿屋敷の伝説はいづ方にも変りはなく、お菊という召使が主人の秘蔵の皿一枚を割って手討にされ、その死体を井戸に沈められたので、怨念が夜な〳〵井戸から現われて皿の数をかぞえ、主人の家は遂に滅亡するというのである。「嬉遊笑覧」の作者はそれを説明して、皿屋敷の怪談は子供の皿かぞえの遊びから起ったのであると云っているが、これはどうも疑わしい。やはり支那の伝説をそのまゝに受け継いだものであろう。要するに、いづこの皿屋敷にも信憑すべき事蹟があるわけでは無いのである。

併し前にも云う通り、この伝説は甚だ有名なものになっているので、私はそれを題材にして、「番町皿屋敷」を書いたのである。在来の「播州皿屋舗」は青山鉄山という謀叛人《むほんにん》を主人公として、一種のお家騒動のように脚色されているのであるが、私は単に青山播磨主従のあいだに起った恋愛悲劇として取扱うことにした。

疑うまじき人を疑うは罪深きことである。而《しか》も恋愛関係に於ては、その疑いが醸《かも》され易い。それがために種々の葛藤や破綻をひき起す例は世間に屢々《しばしば》ある。疑う女、疑われる男、その最後の悲劇を描いたのが此の番町皿屋敷である。その全部が私の空想であること云うまでもない。

（昭和八・一二）

夢のお七

一

大田蜀山人の「一話一言」を読んだ人は、そのうちにこういう話のあることを記憶しているであろう。

八百屋お七の墓は小石川の円乗寺にある。妙栄禅定尼と彫られた石碑は古いものであるが、火災のときに中程から折られたので、そのまま上に乗せてある。然るに近頃それと同様の銘を切って、立像の阿弥陀を彫刻した新しい石碑が、その傍《かたわ》らに建てられた。ある人がその仔細をたずねると、円乗寺の住職はこう語った。

駒込の天沢山龍光寺は京極佐渡守高矩の菩提寺で、屋敷の足軽がたびたび墓掃除に通っていた。その足軽がある夜の夢に、いつもの如く墓掃除に通うこころで小石川の馬場のあたりを夜ふけに通りかかると、暗い中から鶏が一羽出て来た。見ると、その首は少女で、形は鶏であった。鶏は足軽の裾をくわえて引くので、なんの用かと尋ねると、少女は答えて、恥かしながら自分は先年火あぶりのお仕置を受けた八百屋の娘お七である。今もなお此のありさまで浮ぶことが出来ないから、どうぞ亡きあとを弔ってくれと云った。頼まれて、足軽も承知したかと思うと、夢はさめた。

不思議な夢を見たものだと思っていると、その夢が三晩もつづいたので、足軽も捨ててはは置かれないような心持になって、駒込の吉祥寺へたずねて行くと、それは伝説のあやまりで、お七の墓は小石川の円乗寺にあると教えられて、更に円乗寺をたずねると、果してそこにお七の墓を見出した。その石碑は折れたままになっているが、無縁の墓であるから修繕する者もないと云う。そこで、足軽は新しい碑を建立《こんりゅう》し、若干《なにがし》の法事料を寺に納めて無縁のお七の菩提を弔うことにしたのである。いかなる因縁で、お七が彼《か》の足軽に法事を頼んだのか、それは判らない。足軽もその後再び尋ねて来ない。

以上が蜀山人手記の大要である。案ずるに、この記事を載せた「一話一言」の第三巻は天明五年ごろの輯録であるから、その当時のお七の墓はよほど荒廃していたらしい。お七の墓が繁昌するようになったのは、寛政年中に岩井半四郎がお七の役で好評を博した為に、円乗寺内に石塔を建立したのに始まる。要するに、半四郎の人気を煽ったのである。お七のために幸いで無いとは云えない。

お七の墓のほとりにある阿弥陀像の碑について、円乗寺の寺記には、

「又かたわらに弥陀尊像の塔あり。これまたお七の菩提のために後人の建立しつる由なれど、施主はいつの頃いかなる人とも今明白に考え難し。或はいう、北国筋の武家何某《なにがし》、夢中にお七の亡霊告げて云う、わが墳墓は江戸小石川なる円乗寺という寺にあれども、後世を弔うもの絶えて、安養世界に常住し難し、されば彼の地に尊形の石塔を建て給わば、必ず得脱成仏すべしと。これによって遙に来りて、形の如く営みけるといえり。云々《うんぬん》。」

この寺記は同寺第二十世の住職が弘化二年三月に書き残したもので、蜀山人の「一話一言」よりも六十年余の後である。同じ住職の説くところでも、天明時代の住職と弘化時代の住職との話のあいだには可なりの相違がある。しかもお七の亡霊が武家に仕える者の夢に入って、石碑建立の仏事を頼んだということは一致しているのである。いずれにしても武家に縁のある人が何かの事情でお七の碑を建立するに就て、あからさまにその事情を明かし難く、夢に托して然るべく取計らったものであろうと察せられる。

私がこんなことを長々と書いたのは、お七の石碑の考証をするためではない。そういう考証や研究は他に相当の専門家がある。私が今これだけのことを書いたのは、ある老人からそれに因《ちな》んだ昔話を聞かされたからである。その話の受け売をする前提として、昔もこういう

事があったと説明を加えて置いたに過ぎない。

そこで、その話は「一話一言」よりも八十余年の後、さらに円乗寺の寺記よりも二十三年の後、即ち慶応四年五月の出来事で、私にそれを話した老人は石原治三郎（仮名）という三百五十石の旗本である。治三郎はその当時二十八歳で、妻のお貞は二十三歳、夫婦のあいだにお秋という今年四歳になる娘があった。慶応四年――それが如何なる年であるかは今更説明するまでもあるまい。石原治三郎が四谷の屋敷を出て、上野の彰義隊に加わったのは、その年の四月中旬であった。

彰義隊等とは成るべく衝突を避けて、無事に鎮撫解散させるのが薩長側の方針であったから、直ぐには攻めかかって来ない。彰義隊士も一方には防禦の準備をしながら、そのあいだには徒然《つれづれ》に苦しんで市中を徘徊するのもある。芝居や寄席などに行くのもある。よし原などに入込むのもある。しかも自分の屋敷へ立寄るものは殆ど無かった。殊に石原の家では、主人が家を出ると共に、妻子は女中を連れて上総《かずさ》の知行所へ引込んでしまって、その跡はあき屋敷になっていたので、もう帰るべき家もなかった。

五月二日は治三郎の父の祥月命日である。この時節、もちろん仏事などを営んでいるべきではないが、せめてはこうして生きている以上、墓参だけでもして置こうと思い立って、治三郎はその日の朝から上野山を出た。菩提寺は小石川の指ケ谷町にあるので、型のごとくに参詣を済ませ寺にも幾らかの供養料を納め、あわせて自分が亡きあとの回向《えこう》をも頼んで帰った。その帰り道に、かの円乗寺の前を通りかかった。

「あの時はどういう料簡だったのか今では判りません。」と、治三郎老人は我ながら不思議そうに語るのであった。

まったく不思議と思われるくらいで、治三郎はその時ふいとお七の墓が見たくなったのである。彰義隊と八百屋お七と固《もと》より関係のあるべき筈はないが、彰義隊の一人石原治三郎は唯なんとなくお七の墓に心を惹かれたのである。彼は円乗寺の門内に這入って、お七の墓をたずねて行った。墓のほとりの八重桜はもう青葉になっていた。痩せても枯れても三百五十石の旗本の殿様が、縁のない八百屋のむすめなどに頭を下げる理窟もないが、相手が墓のなかの人であると思うと、治三郎の頭はおのずと下がった。

寺を出て、下谷の方角へ戻って来ると、池《いけ》の端《はた》で三人の隊士に出逢った。

「午飯《ひるめし》を食いに行こう。」

「雁鍋《がんなべ》へ行こう。」

四人が連れ立って、上野広小路の雁鍋へあがった。この頃は世の中がおだやかでない。殊に彰義隊の屯所の上野界隈は、昼でも悠々と飯を食っている客は少かった。四人は広い二階を我物顔に占領して飲みはじめた。明日にも寄手《よせて》が攻めて来れば討死と覚悟しているのであるから、いずれも腹一杯に飲んで食って、酔って歌った。相当に飲む治三郎も仕舞いには酔い倒れてしまった。

大仏の八つ（午後二時）の鐘が山の葉桜のあいだから近く響いた。

「もう帰ろう。」と、一同は立上った。

治三郎は正体もなく眠っているので、無理に起すのも面倒である。山は眼の前であるから、酔いがさめれば勝手に帰るであろう、と他の三人はそのままにして帰った。置去りにされたのも知らずに、治三郎はなお半時《はんとき》ばかり眠りつづけていると、彼は夢を見た。

その夢は「一話一言」と同じように、八百屋お七が鶏になったのである。首だけは可憐の少女で、形は鶏であった。

「お断り申して置きますが、わたしが蜀山人の一話一言を読んだのは明治以後のことで、その当時はお七の鶏のことなぞは何にも知らなかったのです。」と、治三郎老人はここで註を入れた。

治三郎は勿論お七の顔なぞを知っている筈はなかったが、その少女がお七であることを夢のうちに直感した。先刻参詣してやったので、その礼に来たのであろうと思った。場所はどこかの農家の空地とでも云いそうな所で、お七の鶏は落穂でも拾うように徘徊していた。彼女は別に治三郎の方を見向きもしないので、彼はすこしく的《あて》が外れた。なんだか忌々しいような気になったので、彼はそこらの小石を拾って投げ付けると鶏は羽摶《はばた》きをして姿を消した。夢は唯それだけである。眼がさめると、連れの三人はもう帰ったというので、治三郎も早々に帰った。山へ帰れば一種の籠城である。八百屋お七の夢などを思い出している暇はなかった。

十五日はいよいよ寄手を引寄せて戦うことになった。彰義隊の敗れたその日の夕七つ頃（午後四時）に、治三郎は根津から三河島の方角へ落ちて行った。三、四人の味方には途中ではぐれてしまって、彼ひとりが雨のなかを湿《ぬ》れて走った。しかも方角をどう取違えたか、彼は千住に出た。千住の大橋は官軍が固めている。よんどころなく引返して箕輪《みのわ》田圃《たんぼ》の方へ迷って行った。

二

蓮田を前にして、一軒の藁葺屋根が見えたので、治三郎は兎も角もそこへ駈け込んだ。彼は飢えて疲れて、もう歩かれなかったのである。ここは相当の農家であるらしかったが、きょうの戦いにおどろかされて雨戸を厳重に閉め切っていた。

治三郎は雨戸を叩いたが、容易に明けなかった。続いて叩いているうちに、四十前後の男が横手の竹窓を細目にあけた。

「おれは上野から来たのだ。一晩泊めてくれ。」と、治三郎は云った。

「上野から……。」と、男は不安そうに相手の姿をながめた。「お気の毒ですが、どうぞほかへお出でを願いとうございます。」

言葉は叮嚀であるが、頗る冷淡な態度をみせられて治三郎はやや意外に感じた。ここらに住むものは彰義隊の同情者で、上野から落ちて来たといえば、相当の世話をしてくれると思っていたのに、かれは情《すげ》なく断るのである。

「泊めることが出来なければ、少し休息させてくれ。」

「折角ですが、それがどうも……。」

と、彼はまた断った。

たとい一泊を許されないにしても、暫時ここに休息して、一飯《いっぱん》の振舞にあずかって、それから踏み出そうと思っていたのであるが、それも断られて治三郎は腹立たしくなった。

「それもならないというのか。そんなら雨戸を蹴破って斬込むから、そう思え。」

戦いに負けても、疲れていても、こちらは武装の武士である。それが眼を瞋《いか》らせて立ちはだかっているので、男も気怯《きおく》れがしたらしい。一旦引込んで何か相談している様子であったが、やがて渋々に雨戸をあけると、そこは広い土間になっていた。治三郎を内へ引入れると、彼はすぐに雨戸をしめた。家内の者はみな隠れてしまって、その男ひとりがそこに立っていた。

治三郎は水を貰って飲んだ。それから飯を食わせてくれと頼むと、男は飯に梅干を添えて持出した。彼は恐れるように始終無言であった。

「泊めてはくれないか。」

「お願いでございますから、どうぞお立退きを……。」と、彼は嘆願するように云った。

「詮議がきびしいか。」

「さきほども五、六人、お見廻りにお出でになりました。」

「そうか。」

上野から来たか、千住から来たか、落武者捜索の手が案外に早く廻っているのに、治三郎はおどろかされた。ここの家で自分を追っ払おうというのも、それが為であると覚った。

「では、ほかへ行ってみよう。」

「どうぞお願い申します。」

追い出すように送られて、治三郎は表へ出ると、雨はまだ降りつづけている。飯を食って休息して飢えと疲れはいささか救われたが、扨《さて》これから何処へゆくか、彼は雨のなかに突っ立って思案した。

捜索の手がもう廻っているようでは、ここらにうかうかしてはいられない。どこの家でも素直に隠まって呉れそうもない。どうしたものかと考えながら、田圃路をたどって行くうちに、彼はふと思いついた。かの農家の横手には可なり広い空地があって、そこに大きい物置小屋がある。あの小屋に忍んで一夜を明かそう。あしたになれば雨も止むであろう。捜索の手もゆるむであろう、自分の疲労も完全に回復するであろう。その上で奥州方面にむかって落ちてゆく、差当りそれが最も安全の道であろうと思った。

治三郎は又引返した。雨にまぎれて足音をぬすんで、かの農家の横手にまわって、型ばかりの低い粗い垣根を乗り越えて、物置小屋へ忍び込んだ。雨の日はもう暮れかかっているのと母屋《おもや》は厳重に戸を閉め切っているのとで、誰も気のつく者はないらしかった。

薄暗いのでよくは判らないが、小屋のうちには農具や、がらくた道具や、何かの俵のような物が積み込んであった。それでも身を容れる余地は十分にあるので、治三郎は荒むしろ二、三枚をひき出して土間に敷いて、疲れた体を横たえた。先刻までは折々にきこえた鉄砲の音ももう止んだ。そこらの田では蛙がそうぞうしく啼いていた。

雨の音、蛙の音、それを聴きながら寝転んでいるうちに、治三郎はいつかうとうとと眠ってしまった。その間に幾たびかお七の鶏の夢をみた。時々醒めては眠り、いよいよ本当に眼をあいた時は、もう夜が明けていた。夜が明けるどころか、雨はいつの間にか止んで、夏の日が高く昇っているらしかった。

「寝過したか。」と、治三郎は舌打ちした。

夜が明けたら早々にぬけ出す筈であったのに、もう昼になってしまった。捜査の手がゆるんだと云っても、落武者の身で青天白日の下を往来するわけには行かない。なんとか姿を変える必要がある。もう一度ここの家の者に頼んで、百姓の古着でも売って貰わなければなるまい。そう思って起きなおる途端に、小屋の外で鶏の啼き声が高くきこえた。治三郎は不図《ふと》お七の夢を思い出した。

又その途端に、物置の戸ががらりと明いて、若い女の顔がみえた。はっと思ってよく視ると、それは夢に見たお七の顔ではなかった。しかもそれと同じ年頃の若い女で、恐らくここの家の娘であろう。内を覗いて彼女もはっとしたらしかった。

「早く隠れてください。」と、娘は声を忍ばせて早口に云った。

隠れる場所もないのである。捜索隊に見付かったら百年目と、かねて度胸を据えていたのであるが、扨この場合に臨むと、治三郎はやはり隠れたいような気になって、隅の方に積んである何かの俵のかげに這い込んだ。しかもこれで隠れおおせるか何《ど》うかは頗《すこぶ》る疑問であるので、素破《すわ》といわば飛び出して手あたり次第に斬り散らして逃げる覚悟で、彼はしっかりと大小を握りしめていた。娘は慌てて戸をしめて去った。

鶏の声が又きこえた。表に人の声もきこえた。

「物置はここだな。」

捜索隊が近づいたらしく、四、五人の足音がひびいた。家内を詮議して更にこの物置小屋をあらために来たのであろう。治三郎は片唾《かたず》をのんで、窺っていた。

「さあ、戸をあけろ。」という声が又きこえた。

家内の娘が戸をあけると、二、三人が内を覗いた。俵のかげから一羽の雌鶏《めんどり》がひらりと飛び出した。

「むむ、鳥か。」と、彼等は笑った。そうしてそのまま立去ってしまった。

治三郎はほっとした。頼朝の伏木隠れというのも恐らくこうであったろう。彼等は鶏の飛び出したのに油断して、碌々に小屋の奥を詮議せずに立去ったらしい。鶏はどうしてここにいたか。娘が最初に戸をあけた時に、その袂の下をくぐって飛び込んだのかも知れない。娘が治三郎にむかって早く隠れろと教えたのは、彼に厚意を持ったというよりも、ここで彼を召捕らせては自分たちが巻添いの禍《わざわい》を蒙るのを恐れた為であろう。鶏が飛び込んだのは偶然であろうが、今の治三郎には何かの因縁があるように考えられた。彼は又もやお七の夢を思い出した。

「お話はこれぎりです。」と、治三郎老人は云った。「その場を運よく逃れたので、今日《こんにち》までこうして無事に生きているわけです。雁鍋でお七の夢をみたのは、その日の午前《ひるまえ》に円乗寺へ墓まいりに行ったせいでしょう。前にもいう通り、なぜその時にお七の墓を見る気になったのか、それは自分にも判りません。又その夢が「一話一言」の通りであったのも、不思議といえば不思議です。私はそれまで確かに「一話一言」なぞを読んだことは無かったのです。箕輪の百姓家に隠れている時に、どうして二度目の夢をみたのか、それも判りません。まさかにお七の魂が鶏に宿って、わたしを救って呉れたわけでもありますまいが、何だか因縁があるように思われないでも無いので、その後も時々にお七の墓まいりに行きます。夢は二度ぎりで、その後に一度も見たことはありません。」

鯉

一

日清戦争の終った年というと、かなり遠い昔になる。もちろん私のまだ若い時の話である。夏の日の午後、五、六人づれで向島へ遊びに行った。そのころ千住の大橋際に好い川魚料理の店があるというので、夕飯をそこで喰うことにして、日の暮れる頃に千住へ廻った。広くはないが古雅な構えで私たちは中《ちゅう》二階の六畳の座敷へ通されて、涼しい風に吹かれながら膳に向った。私は下戸であるのでラムネを飲んだ。ほかにはビールを飲む人もあり、日本酒を飲む人もあった。そのなかで梶田という老人は、猪口《ちょこ》をなめるようにちびりちびりと日本酒を飲んでいた。たんとは飲まないが非常に酒の好きな人であった。

きょうの一行は若い者揃いで、明治生れが多数を占めていたが、梶田さんだけは天保五年の生れというのであるから、当年六十二歳の筈である。しかも元気の好い老人で、いつも若い者の仲間入りをして、そこらを遊びあるいていた。大抵の老人は若い者に敬遠されるものであるが、梶田さんだけは例外でみんなからも親しまれていた。実はきょうも私が誘い出したのであった。

「千住の川魚料理へ行こう。」

この動機の出たときに、梶田さんは別に反対も唱えなかった。彼は素直に附いて来た。扨《さて》ここの二階へあがって、飯を食う時はうなぎの蒲焼ということに決めてあったが、酒のあいだには色々の川魚料理が出た。夏場のことであるから、鯉の洗肉《あらい》も選ばれた。

梶田さんは例の如くに元気よく喋べっていた。旨そうに酒を飲んでいた。しかも彼は鯉の洗肉には一箸も附けなかった。

「梶田さん。あなたは鯉はお嫌いですか。」と、私は訊いた。

「ええ。鯉という奴は、ちょいと泥臭いのでね。」と、老人は答えた。

「川魚はみんなそうですね。」

「それでも鮒や鯰は構わずに食べるが、どうも鯉だけは……。いや、実は泥臭いというばかりでなく、ちょっと訳があるので……。」と、云いかけて彼は少しく顔色を暗くした。

梶田老人は色々のむかし話を知っていて、いつも私たちに話して聞かせてくれる。その老人が何か仔細ありげな顔をして、鯉の洗肉に箸を附けないのを見て、私はかさねて訊いた。

「どんな訳があるんですか。」

「いや。」と、梶田さんは笑った。「みんなが旨そうに喰べている最中《さなか》に、こんな話は禁物だ。また今度話すことにしよう。」

その遠慮には及ばないから話してくれと、みんなも催促した。今夜の余興に老人のむかし話を一席聴きたいと思ったからである。根が話し好きの老人であるから、とうとう私たちに釣り出されて、物語らんと坐《ざ》を構えることになったが、それが余り明るい話でないらしいのは、老人が先刻からの顔色で察せられるので、聴く者もおのずと形をあらためた。

まだその頃のことであるから、ここらの料理屋では電灯を用いないで、座敷には台ランプがともされていた。二階の下には小さい枝川が流れていて、蘆や真菰《まこも》のようなものが茂っている暗いなかに二、三匹の蛍が飛んでいた。

「忘れもしない、わたしが二十歳《はたち》の春だから、嘉永六年三月のことで……。」

三月と云っても旧暦だから、陽気はすっかり春めいていた。尤《もっと》もこの年の正月は寒くって、一月十六日から三日つづきの大雪、なんでも十年来の雪だとかいう噂だったが、それでも二月なかばからぐっと余寒がゆるんで、急に世間が春らしくなった。その頃、下谷の不忍《しのばず》の池浚《さら》いが始まっていて、大きな鯉や鮒が捕れるので、見物人が毎日出かけていた。

そのうちに三月の三日、恰度お雛さまの節句の日に、途方もない大きな鯉が捕れた。五月の節句に鯉が捕れたのなら目出度いが、三月の節句ではどうにもならない。捕れた場所は浅草堀――と云っても今の人には判らないかも知れないが、菊屋橋の川筋で、下谷に近いところ。その鯉は不忍の池から流れ出して、この川筋へ落ちて来たのを、土地の者が見つけて騒ぎ出して、掬い網や投網《とあみ》を持ち出して、さんざん追いまわした挙句に、どうにか生捕ってみると、何とその長さは三尺八寸、やがて四尺に近い大物であった。で、みんなもあっとおどろいた。

「これは池のぬしかも知れない、どうしよう。」

捕りは捕ったものの、あまりに大きいので処分に困った。

「このまま放してやったら、大川へ出て行くだろう。」

とは云ったが、この獲物を再び放してやるのも惜しいので、いっそ観世物に売ろうかという説も出た。いずれにしても、こんな大物を料理屋でも買う筈がない。思い切って放して仕舞えと云うもの、観世物に売れと云うもの、議論が容易に決着しないうちに、その噂を聞き伝えて大勢の見物人が集まって来た。その見物人をかき分けて、一人の若い男があらわれた。

「大きいさかなだな。こんな鯉は初めて見た。」

それは浅草の門跡《もんぜき》前に屋敷をかまえている桃井弥十郎という旗本の次男で弥三郎という男、

ことし二十三歳になるが然るべき養子先もないので、いまだに親や兄の厄介になってぶらぶらしている。その弥三郎がふところ手をして、大きい鯉のうろこが春の日に光るのを珍らしそうに眺めていたが、やがて左右をみかえって訊いた。

「この鯉をどうするのだ。」

「さあ、どうしようかと、相談中ですが……。」と、傍らにいる一人が答えた。

「相談することがあるものか、食ってしまえ。」と、弥三郎は威勢よく云った。

大勢は顔をみあわせた。

「鯉こくにすると旨いぜ。」と弥三郎はまた云った。

大勢はやはり返事をしなかった。鯉のこくしょうぐらいは誰でも知っているが、何分にもさかなが大き過ぎるので、殺して喰うのは薄気味が悪かった。その臆病そうな顔色をみまわして弥三郎はあざ笑った。

「はは、みんな気味が悪いのか。こんな大きな奴は祟るかも知れないからな。おれは今までに蛇を喰ったこともある、蛙を喰ったこともある。猫や鼠を喰ったこともある。鯉なぞは昔から人間の喰うものだ。いくらおおきくたって、喰うのに不思議があるものか。祟りが怖ければおれに呉れ。」

痩せても枯れても旗本の次男で、近所の者もその顔を知っている。冷飯食《ひやめしくい》いだの、厄介者だのと陰では悪口をいうものの、扨その人の前では相当の遠慮をしなければならない。さりとて折角の獲物を唯むざむざと旗本の次男に渡してやるのも惜しい。大勢は再び顔をみあわせて、その返事に躊躇していると、又もや群集をかき分けて、ひとりの女が白い顔を出した。

女は弥三郎に声をかけた。

「あなた、その鯉をどうするの。」

「おお、師匠か。どうするものか、料《りょう》って喰うのよ。」

「そんな大きいの、旨いかしら。」

「うまいよ。おれが請合う。」

女は町内に住む文字友という常磐津の師匠で、道楽者の弥三郎はふだんから此の師匠の家《うち》へ出這入りしている。文字友は弥三郎より二つ三つ年上の二十五、六で、女のくせに大酒飲みという評判の女、それを聞いて笑い出した。

「そんなに旨ければ喰べてもいいけれど、折角みんなが捕ったものを、唯貰いはお気の毒だから……。」

　文字友は人々にむかって、この鯉を一朱で売ってくれと掛合った。一朱は廉いと思ったが、実はその処分に困っている所であるのと、一方の相手が旗本の息子であるのとで、みんなも結局承知して、三尺八寸余の鯉を一朱の銀《かね》に代えることになった。文字友は家から一朱を持って来て、みんなの見ている前で支払った。

さあ、こうなれば煮て喰おうと、焼いて喰おうと、こっちの勝手だという事になったが、これほどの大鯉に跳ねまわられては、とても抱えて行くことは出来ないので、弥三郎はその場で殺して行こうとして腰にさしている脇指を抜いた。

「ああ、もし、お待ちください……。」

声をかけたのは立派な商人風の男で、若い奉公人を連れていた。しかもその声が少し遅かったので、留める途端に弥三郎の刃はもう鯉の首に触れていた。それでも呼ばれて振返った。

「和泉屋か。なぜ留める。」

「それほどの物をむざむざお料理はあまりに殺生《せっしょう》でございます。」

「なに、殺生だ。」

「今日はわたくしの志す仏の命日でございます。どうぞわたくしに免じて放生会《ほうじょうえ》をなにぶんお願い申します。」

和泉屋は蔵前の札差《ふださし》で、主人の三右衛門がここへ通りあわせて、鯉の命乞いに出たという次第。桃井の屋敷は和泉屋によほど前借がある。その主人がこうして頼むのを、弥三郎も無《む》下《げ》に刎ねつけるわけには行かなかった。そればかりでなく、如才《じょさい》のない三右衛門は小判一枚をそっと弥三郎の袂に入れた。一朱の鯉が忽ち一両に変ったのであるから、弥三郎は内心大よろこびで承知した。

併し鯉は最初の一突きで首のあたりを斬られていた。強いさかなであるから、このくらいの傷で落ちるようなこともあるまいと、三右衛門は奉公人に指図してほかへ運ばせた。

ここまで話して来て、梶田老人は一息ついた。

「その若い奉公人というのは私だ。そのとき恰度二十歳《はたち》であったが、その鯉の大きいには驚いた。まったく不忍池の主かも知れないと思ったくらいだ。」

二

新堀端《ばた》に龍宝寺という大きい寺がある。それが和泉屋の菩提寺で、その寺参りの帰り途にかの大鯉を救ったのであると、梶田老人は説明した。鯉は覚悟のいいさかなで、一太刀を受けた後はもうびくともしなかったが、それでも梶田さん一人の手には負えないので、そこらの人たちの助勢を借りて、龍宝寺まで運び込んだ。寺内には大きい古池があるので、傷ついた魚はそこに放された。鯉はさのみ弱った様子もなく、洋々と泳いでやがて水の底に沈んだ。

仏の忌日に好い功徳をしたと、三右衛門はよろこんで帰った。しかも明る四日の午頃《ひる》に、その鯉が死んで浮きあがったという知らせを聞いて、彼はまた落胆した。龍宝寺の池は随分大きいのであるが、やはり最初の傷のために鯉の命は遂に救われなかったのであろう。乱暴な旗本の次男の手にかかって、むごたらしく斬り刻まれるよりも、仏の庭で往生したのがせめてもの仕合せであると、彼はあきらめるの外はなかった。

しかもここに怪しい噂が起った。かの鯉を生捕ったのは新堀河岸の材木屋の奉公人、佐吉、茂平、与次郎の三人と近所の左官屋七蔵、桶屋の徳助で、文字友から貰った一朱の銀《かね》で酒を買い、さかなを買って、景気よく飲んでしまった。すると、その夜なかから五人が苦しみ出して、佐吉と徳助は明くる日の午頃《ひる》に息を引取った。それが恰も鯉の死んで浮んだのと同じ時刻であったというので、その噂はたちまち拡がった。二人は鯉に祟られたというのである。なにかの食い物にあたったのであろうと物識り顔に説明する者もあったが、世間一般は承知しなかった。彼等は鯉に執《と》り殺されたに相違ないという事に決められた。他の三人は幸いに助かったが、それでも十日ほども起きることが出来なかった。

その噂に三右衛門も心を痛めた。結局自分が施主《せしゅ》になって、寺内に鯉塚を建立《こんりゅう》すると、この時代の習い、誰が云い出したか知らないが、この塚に参詣すれば諸願成就すると伝えられて、日々の参詣人がおびただしく、塚の前には花や線香がうず高く供えられた。四月二十二日は四十九日に相当するので、寺ではその法会を営んだ。鯉の七七忌などというのは前代未聞であるらしいが、当日は参詣人が雲集した。和泉屋の奉公人等はみな手伝いに行った。梶田さんも無論に働かされて鯉の形をした打物《うちもの》の菓子を参詣人にくばった。

その時以来、和泉屋三右衛門は鯉を喰わなくなった。主人ばかりでなく、店の者も鯉を喰わなかった。実際あの大きい鯉の傷ついた姿を見せられては、総ての鯉を喰う気にはなれなくなったと、梶田さんは少しく顔をしかめて話した。

「そこで、その弥三郎と文字友はどうしました。」と、私たちは訊いた。

「いや、それにも話がある。」と、老人は話しつづけた。

桃井弥三郎は測らずも一両の金を握って大喜び、これも師匠のお蔭だというので、すぐに二人連れで近所の小料理屋へ行って一杯飲むことになった。文字友は前にもいう通り、女の癖に大酒飲みだから、好い心持に小半日も飲んでいるうちに、酔った紛れか、それとも前から思召《おぼしめし》があったのか、ここで二人が妙な関係になってしまった。つまり鯉が取持つ縁かいなという次第。元来、この弥三郎は道楽者の上に、その後はいよいよ道楽が烈しくなって、結局屋敷を勘当の身の上、文字友の家へ転げ込んで長火鉢の前に坐り込むことになったが、二人が毎日飲んでいては師匠の稼ぎだけでは遣り切れない。そんな男が這入り込んで来たので、好い弟子はだんだん寄り付かなくなって内証は苦しくなるばかり、そうなると、人間は悪くなるより外はない。弥三郎は芝居で見る悪侍をそのままに、体《てい》のいい押借りやゆすりを働くようになった。

鯉の一件は嘉永六年の三月三日、その年の六月二十三日には例のペルリの黒船が伊豆の下田へ乗込んで来るという騒ぎで、世の中は急にそうぞうしくなる。それから攘夷論が沸騰して浪士等が横行する。その攘夷論者には、もちろん真面目の人達もあったが多くの中には攘夷の名をかりて悪事を働く者もある。

小ッ旗本や安《やす》御家人の次三男にも、そんなのが混っていた。弥三郎もその一人で、二、三人の悪仲間と共謀して、黒の覆面に大小という拵え、金のありそうな町人の家へ押込んで攘夷の軍用金を貸せという。嘘だか本当だか判らないが、忌《いや》といえば抜身を突きつけて脅迫するのだから仕方がない。

こういう荒稼ぎで、弥三郎は文字友と一緒に旨い酒を飲んでいたが、そういうことは長く続かない。町方の耳にも這入って、だんだんに自分の身のまわりが危なくなって来た。浅草の広小路に武蔵屋という玩具《おもちゃ》屋がある。それが文字友の叔父にあたるので、女から頼んで弥三郎をその二階に隠まって貰うことにした。叔父は大抵のことを知っていながら、どういう料簡か、素直に承知してお尋ね者を引受けた。それで当分は無事であったが、その翌年、即ち、安政元年の五月一日、この日は朝から小雨が降っている。その夕がたに文字友は内堀端の家を出て広小路の武蔵屋へたずねて行くと、その途中から町人風の二人連れが番傘をさして附いて来る。

脛に疵持つ文字友はなんだか忌な奴等だとは思ったが、今更どうすることも出来ないので、自分も傘に顔をかくしながら、急ぎ足で広小路へ行き着くと、弥三郎は店さきへ出て往来をながめていた。

「なんだねえ、お前さん。うっかり店の先へ出て……。」と、文字友は叱るように云った。

なんだか怪しい奴がわたしのあとを附けて来ると教えられて、弥三郎もあわてた。早々に二階へ駈けあがろうとするのを、叔父の小兵衛が呼びとめた。

「ここへ附けて来るようじゃあ、二階や押入れへ隠れてもいけない。まあ、お待ちなさい。わたしに工夫がある。」

五月の節句前であるから、おもちゃ屋の店には武者人形や幟《のぼり》が沢山に飾ってある。吹流しの紙の鯉も金巾《かなきん》の鯉も積んである。その中で金巾の鯉の一番大きいのを探し出して、小兵衛は手早くその腹を裂いた。

「さあ、このなかにお這入りなさい。」

弥三郎は鯉の腹に這い込んで、両足を真直ぐに伸ばした。さながら鯉に呑まれたかたちだ。それを店の片隅に転がして、小兵衛はその上にほかの鯉を積みかさねた。

「叔父さん、うまいねえ。」と、文字友は感心したように叫んだ。

「叱《し》っ、静かにしろ。」

いううちに、果して彼の二人づれが店さきに立った。二人はそこに飾ってある武者人形をひやかしている風であったが、やがて一人が文字友の腕を捉えた。

「おめえは常磐津の師匠か。文字友、弥三郎はここにいるのか。」

「いいえ。」

「ええ、隠すな。御用だ。」

ひとりが文字友をおさえている間に他のひとりは二階へ駈けあがって、押入れなぞをがたぴしと明けているようであったが、やがて空しく降りて来た。それから奥や台所を探していたが、獲物《えもの》はとうとう見付からない。捕方は更に小兵衛と文字友を詮議したが、二人は飽までも知らないと強情を張る。弥三郎は一と月ほど前から家を出て、それぎり帰って来ないと文字友はいう。その上に詮議の仕様もないので捕方は舌打ちしながら引揚げた。


ここまで話して来て、梶田さんは私たちの顔をみまわした。

「弥三郎はどうなったと思います。」

「鯉の腹に隠れているとは、捕方もさすがに気がつかなかったんですね。」と、私は云った。

「気がつかずに帰った。」と、梶田さんはうなずいた。「そこで先ずほっとして、小兵衛と文字友はかの鯉を引張り出してみると、弥三郎は鯉の腹のなかで冷たくなっていた。」

「死んだんですか。」

「死んでしまった。金巾の鯉の腹へ窮屈に押し込まれて、又その上へ縮緬《ちりめん》やら紙やらの鯉をたくさん積まれたので窒息したのかも知れない。しかも弥三郎を呑んだような鯉は、ぎっしりと弥三郎のからだを絞めつけていて、どうしても離れない。結局ずたずたに引き破って、どうにかこうにか死骸を取出して、色々介抱してみたが、もう取返しは付かない。それでもまだ未練があるので、文字友は近所の医者を呼んで来たが、やはり手当ての仕様はないと見放された。水で死んだ人を魚腹《ぎょふく》に葬られるというが、この弥三郎は玩具屋の店で吹き流しの魚腹に葬られたわけで、こんな死に方はまあ珍しい。

龍宝寺のあるところは今日《こんにち》の浅草栄久町で、同町内に同名の寺が二つある。それを区別するために、一方を天台龍宝寺といい一方を浄土龍宝寺と呼んでいるが、鯉の一件は天台龍宝寺で、この鯉塚は明治以後どうなったか、私も知らない。」

若い者と附合っているだけに、梶田さんは弥三郎の最期《さいご》を怪談らしく話さなかったが、聴いている私たちは夜風が身にしみるように覚えた。

牛

上

「来年は丑年《うし》だそうですが、何か牛に因《ちな》んだようなお話はありませんか。」と、青年は訊く。

「なに、丑年……。君たちなんぞも干支《えと》をいうのか。こうなると、どっちが若いか分らなくなるが、まあ好い。干支に因んだ丑ならば、絵はがき屋の店を捜して歩いた方が早手廻しだと云いたいところだが、折角のお訊ねだから何か話しましょう。」と、老人は答える。

「そこで、相成るべくは新年に因んだようなものを願いたいので……。」

「色々の注文を出すね。いや、ある、ある。牛と新年と芸妓と……。こういう三題話のような一件があるが、それじゃあどうだな。」

「結構です。聴かせて下さい。」

「どうで私の話だから昔のことだよ。その積りで聴いて貰わなけりゃあならないが……。江戸時代の天保三年、これは丑年じゃあない辰《たつ》年で、例の鼠小僧次郎吉が召捕になった年だが、その正月二日の朝の出来事だ。」と、老人は話し出した。

「今でも名残を留めているが、むかしは正月二日の初荷、これが頗《すこぶ》る盛んなもので、確に江戸の初春らしい姿を見せていた。そこで、話は二日の朝の五つ半に近いころだというから、先ず午前九時ごろだろう。日本橋大伝馬町二丁目の川口屋という酒屋の店先へ初荷が来た。一丁目から二丁目へかけては木綿問屋の多いところで俗に木綿店《もめんだな》というくらいだが、この川口屋は酒屋で店も旧い。殊に商売が商売であるから、取分けて景気が好い。朝からみんな赤い顔をして陽気に騒ぎ立てている。

初荷の車は七、八台も繋がって来る。いうまでもないが、初荷の車を曳く牛は五色の新しい鼻綱をつけて、綺麗にこしらえている。その牛車が店さきに停まったので、大勢がわやわや云いながら、車の上から積樽をおろしている。そのあいだは牛を休ませるために、綱を解いて置く。すると、ここに一つの騒動が起った。というのは、この朝は京橋の五郎兵衛町から正月早々に火事を出して、火元の五郎兵衛町から北紺屋町、南伝馬町、白魚屋敷のあたりまで焼いてしまった。その火事場から引揚げて来た町火消の一組が恰度にここを通りかかったが、春ではあるし、火事場帰りで威勢が好い。この連中が何かわっと云って来かかると、牛はそれに驚いたとみえて、そのうちの二匹は急に暴《あば》れ出した。

さあ、大変。下町の目抜という場所で、正月の往来は賑わっている。その往来のまん中で二匹の牛が暴れ出したのだから、実に大騒動。肝腎の牛方は方々の振舞酒に酔っ払って、みんなふらふらしているのだから何の役にも立たない。火消し達もこれには驚いた。店の者も近所の者も唯あれあれというばかりで、誰も取押える術《すべ》もない。なにしろ暴牛は暴馬よりも始末が悪い。それでも見てはいられないので、火消し達はあぶない危ないと呶鳴《どな》りながら暴牛のあとを追って行く……。」

「なるほど大変な騒ぎでしたね。定めて怪我人も出来たでしょう。」

「ふだんと違って人通りが多いのと、今日と違って道幅が狭いので、往来の人たちは身をかわす余地がない。出会いがしらに突き当る者がある、逃げようとして転ぶ者がある。なんでも十五、六人の怪我人が出来てしまった。中でも酷いのは通油町の京屋という菓子屋の娘、年は十七、お正月だから精々お化粧をして、店さきの往来で羽根を突いているところへ一匹の牛が飛んで来た。きゃっといって逃げようとしたが、もう遅い。牛は娘の内股を両角《つの》にかけて、大地へどうと投げ出したので、可哀そうにその娘は二、三日後に死んだそうだ。そんなわけだから、始末に負えない。二匹の牛は大伝馬町から通旅籠町、通油町、通塩町、横山町と、北をさして真鶩《まっしぐら》地に駈けて行く。火消し達も追って行く。だんだんに弥次馬も加わって、大勢がわあわあ云いながら追って行く。そうして、とうとう両国の広小路へ出ると、なんと思ったか一匹の牛は左へ切れて、柳原の通りを筋違《すじかい》の方角へ駆けて行って、昌平橋の際でどうやらこうやら取押えられた。」

「もう一匹はどうしました。」

「それが話だ。もう一匹は真直《まっすぐ》に浅草見附、即ち今日の浅草橋へさしかかったが、何分にも不意の騒ぎで見附の門を閉める暇もない。番人達もあっという中に、牛は見附を通りぬけて蔵前の大通りへ飛び出してしまったから、いよいよ大変。この勢いで観音様の方へ飛んで行ったら、どんな騒ぎになるか知れない。両側の町家から大勢が出て来て、石でも棒切れでも何でも構わない、手あたり次第に叩きつける。札差しの店からも大勢が出て来て、小桶や皿小鉢まで叩きつける。

さすがの牛も少しく疲れたのと、方々から激しく攻め立てられたのとで、もう真直には行かれなくなったらしく、駒形堂《こまんどう》のあたりから右へ切れて、河岸から大川へ飛び込んだ。汐が引いていたと見えて、岸に寄った方は浅い洲《す》になっている。牛はそこへ飛び降りて一息ついていると、追って来た連中は上から色々の物を投げつける。牛はまた大川へ這入って、川下の方へ泳いで行く。大勢は河岸づたいに追って行く。おどろいたのは柳橋あたりの茶屋や船宿だ。この牛が桟橋へ上って、自分たちの家へ飛び込まれては大変だから、料理番や下足番や船頭達が桟橋へ出て、こっちへ寄せつけまいと色々の物を投げつける。新年早々から人間と牛との闘いだ。」

「場所が場所だけに、騒ぎはいよいよ大きくなったでしょうね。」

「いや、もう、大騒ぎさ。ここに哀れを留めたのは柳橋の小雛《こびな》という芸者だ。なんでも明けて二十一とかいう話だったが、この芸者は京橋の福井という紙屋の旦那と亀戸の初卯詣《はつうもうで》に出かける筈で、土地の松屋という船宿から船に乗って、今や桟橋を離れたところへこの騒動だ。船頭はいっそ戻そうかと躊躇していると、旦那はあとへ戻すのも縁喜が悪い、早く出してしまえという。そこで、思い切って漕ぎ出して、やがて大川のまん中まで出ると、方々の家から逐われた牛は、とても柳橋寄りの河岸へは着けないと諦めたものか、今度は反対に本所寄りの河岸に向って泳ぎ出した。それを見て驚いたのは小雛の船だ。

取分けて、小雛は蒼くなって驚いた。広い川だから大丈夫だと、旦那が宥めてもなかなか肯《き》かない。もちろん牛はこの船を狙って来るわけではあるまいが、先刻からの闘いで余程疲れているらしく、ややもすれば汐に押流されて、こちらの船に近寄って来るようにも見えるので、旦那もなんだか不安になって、早く遣れと船頭に催促する。船頭も一生懸命に漕いでいると、牛はもう弱ったと見えて、その姿はやがて水に沈んでしまったので、まあ好かったと小雛はほっとする間もなく、一旦沈んだ牛はどう流されて来たのか、水から再び頭を出した。それが丁度小雛の船の艫に当る所だったので、旦那も船頭もぎょっとした。小雛はきゃっといって飛び上る途端に、船は一方にかたむいて、よろける足を踏み止めることが出来ず、旦那があわてて押えようとする間に、小雛は河へ転げ落ちた……。」

「やれ、やれ、飛んだ事になりましたね。」

下

老人は話しつづける。

「小雛も柳橋の芸者だから、家根船に乗る位の心得はあったのだろうが、はずみというものは仕方のないもので、どう転んだのか、船から川へざんぶりという始末。これも一旦は沈んだが、また浮き上るとその鼻のさきへ牛の頭……。こうなれば藁でも掴む場合だから、牛でも馬でも構わない。小雛は夢中で牛の角に獅噛《しが》みついた。もう疲れ切っているところへ、人間ひとりに取付かれては、牛も随分弱ったろうと思われるが、それでも何《ど》うにかこうにか向う河岸まで泳ぎ着いて、百本杭《ぐい》の浅い所でぐたりと坐ってしまった。小雛は牛の角を掴んだままで半死半生だ。そこへ旦那の船が漕ぎ着けて、直ぐに小雛を引き揚げて介抱する。櫛や笄《こうがい》はみんな落してしまい、春着はめちゃめちゃで、帯までが解けて流れてしまったが、幸いに命だけは無事に助かったので、大難が小雛と皆んなが喜んだ。命に別条が無かったとはいいながら、あんまり小難でもなかったのさ。」

「その牛はどうしました。」

「牛も半死半生、もう暴れる元気もなく、おとなしく引摺られて行った。なにしろ大伝馬町の川口屋も災難、自分の店の初荷からこんな事件を仕出来《しでか》して、春早々から世間をさわがしたので、それがために随分の金を使ったという噂だ。さもないと、どんな咎めを受けるかも知れないからな。自分の軒に立てかけてある材木が倒れて人を殺しても、下手人《げしゅにん》にとられる時代だ。これだけの騒動を起した以上、牛の罪ばかりでは済まされない。殊にこっちが大家《たいけ》では猶更のことだ。」

「そうですか。成程これで牛と新年と芸者と……。三題話は揃いました。いや、有難うございました。」

「まあ、待ちなさい。それでお仕舞じゃあない。」

「まだあるんですか。」

「それだけじゃ昔の三面記事だ。まだ些《ち》っと話がある。」と、老人は真面目に云い出した。

「年寄の話は兎かくに因縁話になるが、その後談を聴いて貰いたい、今の一件は天保三年正月の出来事で、それはまあそれで済んでしまったが、舞台は変って四年の後、天保七年九月の中頃……。」

「芝居ならば暗転というところですね。」

「まあ、そうだ。その九月の十四日か十五日の夜も更けたころ、男と女の二人連れが、世を忍ぶ身のあとや先、人目をつつむ頰かむり……。」

「隠せど色香梅川が……。」

「まぜっ返しちゃあいけない。その二人連れが千住の大橋へさしかかった。」

「わかりました。その女は小雛でしょう。」

「君もなかなか勘が好いね。女は柳橋の小雛で、男は秩父の熊吉、この熊吉は巾着切《きんちゃっきり》から仕上げて、夜盗や家尻切《やじりき》りまで働いた奴、小雛はそれと深くなって仕舞って、土地にもいられないような始末になる。男も詮議がきびしいので江戸にはいられない。そこで二人は相談して、一先《ひとまず》奥州路に身を隠すことになって、夜逃げ同様にここまで落ちて来ると、うしろから怪しい奴がつけて来る。それが捕方らしいので、二人も気が気で無い。道を急いで千住まで来ると、今夜はあいにくに月が冴えている。

世を忍ぶ身に月夜は禁物だが、どうも仕方がない。二人は手拭に顔をつつんで、千住の宿《しゅく》を通りぬけ、今や大橋を渡りかけると、長い橋のまん中で小雛は急に立竦んでしまった。どうしたのだと熊吉が訊くと、一、二間《けん》先に一匹の大きい牛が角を立てて、こっちを睨むように待ち構えているので、怖くって歩かれないという。今夜の月は昼のように明るいが、熊吉の眼には牛はもちろん、犬の影さえも見えない。牛なんぞいるものかと云っても、小雛は肯《き》かない。たしかに大きい牛が眼を光らせて、近寄ったら突いてかかりそうな権幕で、二人の行く手に立塞がっているというのだ。

うしろからは怪しい奴が追って来る。うかうかしてはいられないので、熊吉は無理に小雛の手を引摺って行こうとするが、女は身を竦めて動かない。これには熊吉も持余したが、まさかに女を捨ててゆくわけにも行かないので、よんどころなく引返して、河岸《かし》づたいに道を変えて行こうとすると、捕方は眼の前に迫って来た。そこで捕物の立廻り、熊吉はとうとう召捕になって、小雛と共に引立てられるので幕……。それからだんだん調べられると、小雛はたしかに牛を見たという。熊吉は見ないという。捕方も牛らしい物は見なかったという。夜ふけの橋の上に、牛がただうろうろしている筈はないから、見ないという方が本当らしい。なにしろその牛のために道を塞がれて引返すところを御用。どの道、女連れでは逃げ負せられなかったかも知れないが、この捕物には牛も一役勤めたわけだ。」

「そうすると、四年前の牛の一件が小雛の頭に強く沁み込んでいたので、この危急の場合に一種の幻覚を起したのでしょうね。」

「まあ、そうだろうな。今の人はそんな理屈であっさり片づけて仕舞うのだが、むかしの人は色々の因縁をつけて、ひどく不思議がったものさ。これで小雛が丑年の生れだと、いよいよ因縁話になるのだが、実録はそう都合好くゆかない。」

虎

上

「去年は牛のお話をうかがいましたが、今年の暮は虎のお話をうかがいに出ました。」と、青年はいう。

「そう、そう。去年の暮には牛の話をしたことがある。」と、老人はうなずく。「一年は早いものだ。そこで今年の暮は虎の話……。なるほど来年は寅《とら》年というわけで、相変らず干支《えと》に因んだ話を聴かせろというのか。いつもいうようだが、若い人は案外に古いね。しかしまあ折角だから、その干支に因んだ所を何か話す事にしようか。」

「どうぞ願います。この前の牛のように、なるべく江戸時代の話を……。」

「そうなると、些《ち》っとむずかしい。」と、老人は顔をしかめる。「これが明治時代ならば、浅草の花屋敷にも虎はいる。だが、江戸時代となると、虎の姿はどこにも見付からない。有名な岸駒《がんく》の虎だって、画で見るばかりだ。芝居には国姓爺《こくせんや》の虎狩もあるが、これも縫いぐるみを被った人間で、ほん物の虎とは縁が遠い。そんなわけだから、世界を江戸に取って虎の話をしろというのは、俗にいう『無いもの喰おう』のたぐいで、まことに無理な註文だ。」

「しかしあなたは物識りですから、何かめずらしいお話がありそうなもんですね。」

「煽てちゃあいけない。いくら物識りでも種のない手妻《てづま》は使えない。だが、こうなると知らないというのも残念だ。若い人のおだてに乗って、先ずこんな話でもするかな。」

「是非聴かせてください。」と、青年は手帳を出し始める。

「どうも気が早いな。では、早速に本文《ほんもん》に取りかかる事にしよう。」と、老人も話し始める。

「これは嘉永四年の話だと思って貰いたい。君たちも知っているだろうが、江戸時代には観世物がひどく流行《はや》った。東西の両国、浅草の奥山をはじめとして、神社仏閣の境内や、祭礼縁日の場所には、必ず何かの観世物が出る。もちろん今日《こんにち》の言葉でいえばインチキの代物《しろもの》が多いのだが、だまされると知りつつ覗きに行く者がある。その仲間に友蔵幸吉という兄弟があった。二人はいつも組み合って、両国の広小路、即ち西両国に観世物小屋を出していた。

両国と奥山は定打《じょううち》で、殆ど一年中休みなしに興行を続けているのだから、いつも、同じ物を観せてはいられない。観客を倦きさせないように、時々には観世物の種を変えなければならない。この前に蛇使いを見せたらば、今度は雛娘をみせる。この前に一本足をみせたらば、今度は一つ目小僧を見せるというように、それからそれへと変った物を出さなければならない。そうなると、いくらインチキにしても種が尽きて来る。その出し物の選択には、彼らもなかなか頭を痛めるのだ。殊に両国は西と東に分れていて、双方に同じような観世物や、軽業《かるわざ》、浄瑠璃、芝居、講釈のたぐいが小屋を列《なら》べているのだから、おたがいに競争が激しい。

今日の浅草公園へ行っても判ることだが、同じような映画館が沢山に列んでいても、そのなかに入りと不入りがある。両国の観世物小屋にもやはり入りと不入りは免れないので、何か新しい種をさがし出そうと考えている。そこで、かの友蔵と幸吉も絶えず新しいものに眼をつけていると、嘉永四年四月十一日の朝、荏原郡大井村、即ち今の品川区鮫洲《さめず》の海岸に一匹の鯨が流れ着いた。」

「大きい鯨ですか。」

「今度のは児鯨で余り大きくない。五十二年前の寛政十年五月朔日《ついたち》に、やはり、品川沖に大きい鯨があらわれた。これは生きて泳いでいたのを、土地の漁師等が大騒ぎをして捕えたということだが、その長さは九間《けん》一尺もあったそうだ。今度は鯨は死んでいて、長さは三間余りであったというから、寛政の鯨より遙かに小さい。それでも鮫洲で捕れた鯨といえば、観世物にはお誂え向きだから、耳の早い興行師仲間はすぐに駈けつけた。友蔵と幸吉も飛んで行った。

　鮫洲の漁師たちも総がかりで、死んだ鯨を岸寄りの浅いところへ引揚げたものの、これまで鯨などを扱ったことがないから、どう処分していいか判らない。ともかくも御代官所へ届けるなぞと騒いでいる。それを聞き伝えて見物人が大勢あつまって来る。友蔵兄弟が駈け着けた頃には、ほかに四、五人の仲間が来ていた。代官所の検分が済めば、鯨は浜の者の所得になるのだから、相当の値段で売っても好いということになった。

　しかしその相場がわからない。興行師の方ではなるたけ廉《やす》く買おうとして、先ず三両か五両ぐらいから相場を立てたが、漁師たちにも慾があるから素直に承知しない。だんだんにせり上げて十両までになったが、漁師たちはまだ渋っているので、友蔵兄弟は思い切って十二両までに買い上げると、漁師たちもようよう納得しそうになった。と思うと、その横合から十五両と切出した者がある。それは奥山に、定小屋を打っている由兵衛という興行師であった。友蔵たちは十二両が精一ぱいで、もうその上に三両を打つ力はなかったので、鯨はとうとう由兵衛の手に落ちてしまった。」

「兄弟は鼻を明かされたわけですね。」

「まあ、そうだ。それだから二人は納らない。由兵衛は漁師たちに半金の手付を渡し、鯨はあとから引取りに来ることに約束を決めて、若い者ひとりと共に帰って来る途中、高輪の海辺の茶屋の前へさしかかると、そこに友蔵兄弟が待っていて、由兵衛に因縁をつけた。漁師たちが十二両でも承知しなかったものを、由兵衛が十五両に買い上げたのならば論はない。しかし十二両で承知しそうになった処へ、横合から十五両の横槍を入れて、ひとの買物を横取りするとは、商売仲間の義理仁義をわきまえない仕方だというのだ。なるほど、それにも理屈はある。だが、由兵衛も負けてはいない。なんとか彼とか云《かん》い合っている。

そのうちに、口論がだんだん激しくなって、友蔵が『ひとの買物を横取りする奴は盗ッ人も同然だ』と罵ると、相手の由兵衛はせせら笑って、『なるほど盗ッ人かも知れねえ。だが、おれはまだ人の女を盗んだことはねえよ』という。それを聞くと、友蔵はなにか急所を刺されたように急に顔の色が悪くなった。そこへ付込んで由兵衛は、『ざまあ見やがれ。もんくがあるなら、いつでも浅草へたずねて来い』と勝鬨《かちどき》をあげて立去った。」

「そうすると、友蔵にも何かの弱味があるようですね。」

「その訳はあとにして、鯨の一件を片付けて仕舞う事にしよう。鯨はとどこおりなく由兵衛の手に渡って、十三日からいよいよ奥山の観世物小屋に晒されることになったが、これはインチキでなく、確かに真物《ほんもの》だ。殊に鮫洲の沖で鯨が捕れたということは、もう江戸中の評判になっていたので、初日から観客はドンドン詰めかけて来る。奥山中の人気を一軒で攫った勢いで、由兵衛も大いに喜んでいると、三日ばかりの後には肝腎の鯨が腐りはじめた。

むかしの四月なかばだから、今日《こんにち》の五月中旬で陽気はそろそろ暑くなる。あいにく天気つづきで、日中は汗ばむような陽気だから堪《たま》らない。鯨は死ぬと直ぐに腐り出すということを由兵衛等は知らない。もちろん防腐の手当なぞをしてある訳でもないから、この陽気で忽ちに腐りはじめて、その臭気は鼻をつくという始末。物見高い江戸の観客もこれには閉口して、早々に逃げ出してしまうことになる。その評判がまた拡まって、観客の足は俄《にわか》に止まった。

こうなっては仕方がない。鯨よりも由兵衛の方が腐ってしまって、何か他の物と差換えるあいだ、一《ひ》と先《まず》木戸をしめることになった。十五両の代物を三日や四日で玉無しにしたばかりか、その大きい鯨の死骸を始末するにも又相当の金を使って、いわゆる泣《なき》ッ面《つら》に蜂で、由兵衛はさんざんの目に逢った。十両盗んでも首を斬られる世の中に、十五両の損は大きい。由兵衛はがっかりしてしまった。」

「まったく気の毒でしたね。」

「それを聞いて喜んだのは友蔵と幸吉の兄弟で、手を湿《ぬ》らさずに仇討が出来たわけだ。考えてみると、由兵衛は彼等兄弟の恩人で、自分たちの損を受けてくれたようなものだが、兄弟はそう思わない。唯、かたき討《うち》が出来たといって、むやみに喜んでいた。それが彼等の人情かも知れない。

ここで関係者の戸籍調べをして置く必要がある。由兵衛は浅草の山谷《さんや》に住んでいて、ことし五十の独り者。友蔵は三十一、幸吉は二十六で、本所の番場町、多田の薬師の近所の裏長屋に住んでいる。幸吉はまだ独身だが、兄の友蔵には、お常という女房がある。このお常に少し因縁がある。」

「以前は由兵衛の女房だったんですか。」

「いつもながら君は実に勘がいいね。表向きの女房ではないが、お常は奥山の茶店に奉公しているうちに、かの由兵衛と関係が出来て、毎月幾らかずつ手当を貰っていた。お常はまだ二十二だから、五十男の由兵衛を守っているのは面白くない。おまけに浮気の女だから、いつの間にか友蔵とも出来合って、押掛け女房のように友蔵の家へ転げ込んでしまった。

由兵衛は怒ったに相違ないが、自分の女房と決まっていたわけでも無いから、表向きには文句をいうことも出来なかった。しかし内心は修羅《しゅら》を燃やしている。鮫洲の鯨を横取りしたのも、商売上の競争ばかりでなく、お常を取られた遺恨がまじっていたのだ。女を横取りされた代りに、鯨を横取りして先ず幾らかの仇討が出来たと由兵衛は内心喜んでいると、前にいう通りの大失敗。友蔵の方では仇討をしたと喜んでいるが、由兵衛の方では仇討を仕損じて返り討になった形だ。由兵衛はよくよく運が悪いといわなければならない。

いずれにしても、これが無事に済む筈がないのは判っている。扨てこれからが本題の虎の一件だ。」

下

老人は話しつづける。

「それから小半年は先ず何事もなかったが、その年の十月、友蔵は女房のお常をつれて、下《しも》総《うさ》の成田山へ参詣に出かけた。もちろん今日と違うから、日帰りなぞは出来ない。その帰り道、千葉の八幡へさしかかって例の『藪知らず』の藪の近所で茶店に休んだ。二人は茶をのみ、駄菓子なぞを食っていると、なにを見付けたのかお常は思わず『あらッ』と叫んだ。

友蔵が何だと訊くと、あれを見ろという。その指さす方を覗いてみると、うす暗い店の奥に一匹の猫がいる。田舎家に猫はめずらしくないが、その猫は不思議に大きく、普通の犬ぐらいに見えるので、友蔵も眼をひからせた。茶店の婆さんを呼んで訊くと、かの猫はまだ四、五年にしかならないのだが、途方もなく大きくなったので、不思議を通り越して何だか気味が悪い。あんな猫は今に化けるだろうと近所の者もいう。さりとて捨てるわけにも行かず、殺すわけにも行かず、飼主の私も持て余しているのだと、婆さんは話した。

それを聞いて、夫婦は直ぐに商売気を出して、あの猫をわたし達に売ってくれないかと掛け合うと、婆さんは二つ返事で承知した。

飼主が持て余している代物だから、値段の面倒はない。婆さんは唯《ただ》でも好いというのだが、まさかに唯でも済まされないと、友蔵は一朱の銀《かね》を遣って、その猫をゆずり受けた。」
「そんなに大きい猫をどうして持って帰ったでしょう。」と、青年は首をかしげる。
「どうして連れ帰ったか、そこまでは聞き洩らしたが、その大猫を江戸まで抱え込むのは、一と仕事であったに相違あるまい。兎も角も本所の家へ帰って来ると、弟の幸吉はその猫をみて大へんに喜んで、これは近年の掘出し物だという。両国の小屋に出ている者も覗きに来て、こんな大猫は初めて見たとおどろいている。こうなると友蔵夫婦も鼻を高くして、これも成田さまの御利益《ごりやく》だろうとお常はいう。

鮫洲の鯨と違って、買値は唯った一朱だから、損をしても知れたもので、まったくほり出し物であったかも知れない。

なにしろ珍しい猫に相違ないのだから、猫は猫として正直に観せればよかったのだ。これは野州庚申山で生捕りましたる山猫でござい位のことにして置けば無事だったのだが、そこが例のインチキで弟の幸吉が飛んだ商売気を出した。というのは、それが三毛猫で、毛色が虎斑のように見える。それから思い付いて、いっそ虎の子という事にしたらどうだろうと発議すると、成程それがよかろう、猫よりも虎の方が人気をひくだろうと、友蔵夫婦も賛成した。

そこで、これは唐土千里の藪で生捕った虎の子でござい……。

いや、笑っちゃあいけない、本当の話だ。表看板には例の国姓爺《こくせんや》が虎狩をしている図をかいて、さあ、さあ、評判、評判と囃し立てることになった。」

「でも、虎と猫とは啼き声が違うでしょう。」

「さあ、そこだ。虎と猫では親類筋だが啼き声が違う。いくら虎の子でもニャアとは啼かない。それは友蔵等もさすがに心得ているから、抜目なく例のインチキ手段を講じた。先ず舞台一面を本物の竹藪にして、虎狩の唐人共がチャルメラや、銅鑼《どら》や鉦《しょう》を持って出て、何かチイチイパアパア騒ぎ立てて藪の蔭へ這入ると、そこへ虎の子を曳《ひ》いて出る。虎の首には頑丈な鉄の鎖がつないである。

藪のかげではチャルメラを吹き、太鼓や銅鑼や鉦のたぐいを叩き立てるので、虎猫もそれに嚇かされて声を出さない。万一それがニャアと啼きそうになると、それを紛らすように、銅鑼や鉦をジャンジャンボンボンと激しく叩き立てるのだ。いや、笑っちゃいけないというのに……。昔の両国の観世物なぞは大抵そんなものだ。」

「その観世物は当りましたか。」

「当ったそうだ。おまけにこの虎猫は奥山の鯨と違って、生きているのだから腐る気づかいはない。せいぜい鰹節か鼠を喰わせて置けばいいのだ。それで毎日大入ならば、こんなボロイ商売はない。

友蔵兄弟も大よろこびで、この分ならば結構な年の暮が出来ると、お常も共に喜んでいると、ここに一つの事件が出来した。

かの奥山の由兵衛は、鯨で大損をしてから、いわゆるケチが付いて、どうも商売が思わしくない。その後にも色々の物を出したが、みんな外れる。したがって、借金は出来る、やけ酒を飲むというわけで、ますます落目になって来た。その由兵衛の耳に這入ったのが両国の『虎の子』で、友蔵の小屋は毎日大入りだという評判。余人ならば兎もあれ、自分のかたきと睨んでいる友蔵の観世物が大当りと聞いては、今のわが身に引きくらべて由兵衛は残念でならない。恨み重なる友蔵めに、ここで一泡吹かせてやろうと考えた。

由兵衛も同商売であるから、インチキ仲間の秘密は承知している。千里の藪で生捕りましたる虎の子が本物でないことは万々察している、そこで先ずその正体を見きわめて遣ろうと思って、手拭に顔をつつんで、普通の観客とおなじように木戸銭を払って這入ったが、素人と違って耳も眼も利いているから、虎の正体は大きい猫であって、その啼き声を胡麻かすために銅鑼や太鼓を叩き立てるのだという魂胆を、たちまちに看破《み》ってしまった。」

「その次の幕はゆすり場ですね。」

「話の腰を折っちゃあいけない。しかしお察しの通り、由兵衛は一旦自分の家へ引揚げて、日の暮れるのを待って本所番場の裏長屋へたずねて行った。

十一月十日、その日は朝から陰って、時々に時雨《しぐ》れて来る。このごろは景気がいいので、友蔵も幸吉もどこへか飲みに出かけて、お常ひとり留守番をしている。思いも付かない人がたずねて来たので、お常もすこし驚いたが、まさかにいやな顔も出来ないので、内へ入れてしばらく話していると、由兵衛は例の虎の子の一件をいい出した。

その種を割って世間へ吹聴すれば、折角の代物《しろもの》に疵が付く、人気も落ちる。由兵衛はそれを匂わせて、幾らかいたぶる積りで来たのだ。

これにはお常も困った。折角大当りを取っている最中に、つまらない噂を立てられては商売の邪魔になる。もう一つにはお常も人情、むかしは世話になった由兵衛が左前《ひだりまえ》になっているのを知ると、さすがに気の毒だという念も起る。殊にこのごろは自分たちの懐《ふところ》も温かいので、お常は気前よく十両の金をやった。それには虎の子の口留めやら、昔の義理やら、色々の意味が含まれていたのだろうが、十両の金を貰って、由兵衛はよろこんだ。せいぜい三両か五両と踏んでいたのに、十両を投げ出されたのだから文句はない。由兵衛は礼をいって素直に帰った。

長屋の路地から表へ出ると、丁度そこへ友蔵が帰って来た。二人がばったり顔をあわせると、由兵衛は友蔵にむかって、『やあ、友さん、久しぶりだ。実は今おかみさんから十両貰って来た。どうも有難う』と礼をいうのか、忌《いや》がらせをいうのか、こんな捨台詞《すてぜりふ》を残して立去った。それを聞かされて、友蔵は面白くない。急いで家へ帰って来て、なぜ由兵衛に十両の金をやったと、女房のお常を責める。お常は虎の子の一件を話したが、友蔵の胸は納らない。たとい口留めにしても、十両はあまり多過ぎるというのだ。

由兵衛が他人ならば、多過ぎるというだけで済んだかも知れないが、由兵衛とお常とのあいだには昔の関係があるので、そこには一種の嫉妬もまじって、友蔵はなかなか承知しない。亭主の留守によその男を引入れて、亭主に無断で十両の大金をやるとは不埒千万《ふらちせんばん》だ。手めえは屹っと由兵衛と不義を働いているに相違ないと、酔っている勢いでお常をなぐり付けた。するとお常は赫《かっ》となってそんなら私の面晴《めんばれ》に、これから由兵衛の家へ行って、十両の金を取戻して来ると、時雨の降るなかを表へかけ出した。

「これは案外の騒動になりましたね。」

「友蔵は酔っているから、勝手にしやあがれと寝てしまった。そのあとへ幸吉が帰って来たが、これも酔っているので打っ倒れてしまった。その夜なかに叩き起されて、お常は山谷の由兵衛の家に死んでいるという知らせがあったので、兄弟もおどろいた。酒の酔いもすっかり醒めて、二人は早々に山谷へ飛んで行くと、お常は手拭で絞め殺されていた。由兵衛のすがたは見えない。

家内の取散らしてあるのを見ると、お常を殺した上で逃亡したらしい。

由兵衛がどうしてお常を殺したか、その事情はよく判らないが、かの十両を返せといい、その争いから起ったことは容易に想像される。友蔵が嫉妬心をいだいていると同様に、由兵衛も嫉妬心をいだいている。むしろ友蔵以上の強い嫉妬心をいだいていたであろうから、それが一度に爆発して俄《にわか》にお常を殺す気になったらしい。お常の死骸は検視の上で友蔵に引渡された。

虎の子が飛んでもない悲劇を生み出すことになったが、それでも其の秘密は世間に洩《も》れなかったと見えて、友蔵の小屋は相変らず繁昌していると、ここに又一つの事件が起った。今度は大事件だ。

「人殺し以上の大事件ですか。」

「むむ、その時代としては大事件だ。虎の子の観世物は十月から始まって、十二月になっても客は落ちない。女房に死なれても、商売の方が繁昌するので、友蔵もまあ好い心持になっている。それで済ませて置けば無事であったが、おいおい正月も近づくので、ここで一層馬《ば》力《りき》をかけて宣伝しようという料簡から、この虎の子は御上覧《ごじょうらん》になったものだと吹聴した。千里の藪で生捕りましたなぞは嘘でも本当でもかまわないが、御上覧というと事《こと》面倒になる。即ち将軍が御覧になったというわけで、実に途方もない宣伝をしたものだ。

それが町奉行所の耳にはいって、関係者一同は厳重に取調べられた。宣伝に事を欠いて、両国の観世物に将軍御上覧の名を騙《かた》るなぞとは言語道断、重々の不埒《ふらち》とあって、友蔵と幸吉の兄弟は死罪に処せられるかという噂もあったが、幸いに一等を減じられて遠島を申渡された。他の関係者は追放に処せられた。」

「なるほど大事件でしたね。」

「友蔵の小屋は破却だ。観世物小屋はいつでも取毀《とりこわ》せるように出来ているのだから、破却は別に問題にもならないが、その空小屋のなかに首を縊《くく》っている男の死体が発見されたので、又一と騒ぎになった。それは彼《か》の由兵衛で、一旦姿をかくしたものの、お常殺しの罪は逃れられないと覚ったのか。自分も何かの係り合いになるのを恐れたのか。いずれにしても、自分に因縁のある此の小屋を死場所に選んだらしい。問題の猫はゆくえ知れずという事になっている。恐らく誰かが打ち殺して、大川へでも流して仕舞ったのだろう。

一匹の虎の子のために、お常と由兵衛は変死、友蔵と幸吉は遠島、こう祟られては化猫よりも怖ろしい。虎の話は先ずこれでお仕舞だ。

君のことだから、いずれ新聞か雑誌にでも書くのだろうが、春の読物にはお目出たくないからね。」

「いいえ、結構です。有難うございました。」

「おや、もう帰るのか。君も随分現金だね。ははは。」

収録作品初出・底本一覧

・本文は原則として新漢字・新仮名遣いを使用し、適宜ルビをふった。ただし今回が単行本初の復刻となる「地震雑詠」と「焼かれた夜」は底本通りとした。
・本文の一部に現代の観点からは不適切な語句・表現があるが、時代背景を鑑み底本通りに掲載した。
・この一覧は各収録作品の初出と本書編集に使用した底本を示す。

磯部の若葉　初出・「木太刀」大正五年（一九一六）七月号。底本・『綺堂随筆　江戸っ子の身の上』河出文庫、二〇〇三。
磯部のやどり　初出・『子供役者の死』隆文館、大正十年（一九二一）所収。底本・『岡本綺堂読物選集3』青蛙房、昭和四十四年。
雨夜の怪談　初出・「木太刀」明治四二年（一九〇九）一〇月号。底本・『近代異妖篇――岡本綺堂読物集三』中公文庫、二〇一三。
思い出草　初出・「木太刀」明治四十三年（一九一〇）十一月号、明治四十四年（一九一一）一月号、『思い出草』相模書房、昭和十二年（一九三七）。底本・『綺堂むかし語り』光文社文庫、一九九五。
後の大師詣　初出・「木太刀」大正二年（一九一三）頃か、『五色筆』南人社、大正六年（一九一七）収録。底本・『綺堂随筆　江戸っ子の身の上』河出文庫。

甲字楼夜話　初出・「木太刀」大正三年（一九一四）四月号。底本・『綺堂随筆　江戸のことば』河出文庫、二〇〇三。

山霧　初出・「木太刀」大正三年（一九一四）九月号（原題「妙義の記」、改題「妙義の山霧」）。底本・『綺堂随筆　江戸っ子の身の上』。

江戸の化物　初出・「木太刀」大正八、九年頃か。底本・『風俗江戸東京物語』河出文庫、二〇〇一。

人形の趣味　初出・「新家庭」大正九年（一九二〇）、『十番随筆』所収。底本・『綺堂むかし語り』。

震災の記　初出・『婦人公論』大正十二年（一九二三）十月。底本・『綺堂むかし語り』。

地震雑詠　初出・底本・「木太刀」第二十一巻第十号、「木太刀」社、大正十二年十一月五日発行。

焼かれた夜　初出・底本・「木太刀」第二十一巻第十一号、「木太刀」社、大正十二年十二月五日発行。

十番雑記　初出・大正十二年（一九二四）十二月執筆、後『思い出草』昭和十二年刊に収録。底本・『綺堂随筆　江戸の思い出』河出文庫、二〇〇二。

魚妖　初出・「週刊朝日」大正十三年（一九二四）七月五日号、原題「鰻の怪」。底本・『江戸の思い出』。

猫騒動の怪談　初出・大正十三年（一九二四）『新演芸』大正十三年八月号。底本・岸井良衛編『岡本綺堂　江戸に就ての話』青蛙房、一九五六。

桜姫と芋と狐と　初出・『演劇画報』大正十四年（一九二五）底本・『綺堂劇談』青蛙房、一九五六。

四谷怪談異説　初出・『演劇画報』大正十四（一九二五）年五月。底本・『江戸の思い出』。

自来也の話　初出・『演劇画報』大正十四（一九二五）年五月。底本・『江戸の思い出』。

円朝全集　初出・「不同調」昭和三年（一九二八）。底本・『綺堂劇談』。

妖怪漫談　初出・「不同調」7巻12号、昭和三年（一九二八）十二月。底本・『岡本綺堂随筆集』岩波文庫、二〇〇七。
番町皿屋敷――「創作の思い出」より　初出・昭和八年（一九三三）十二月。底本・『綺堂劇談』。
夢のお七　初出・「サンデー毎日」昭和九年十月。底本・『江戸のことば』。
鯉　初出・「サンデー毎日」昭和十一年（一九三六）。底本・『江戸のことば』。
牛※　初出・「サンデー毎日」昭和十二年。底本・『江戸っ子の身の上』。
虎※　初出・「サンデー毎日」昭和十三年。底本・『江戸っ子の身の上』。
※不明箇所は『鎧櫃の血』（光文社文庫、一九八八）を参照して補った。

編者解説

東雅夫

今年（二〇二二年）は、明治から昭和にかけて活躍した文豪・岡本綺堂の生誕百五十年を記念するメモリアル・イヤーで、綺堂の遺品を多く収蔵する岡山の勝央美術文学館では「奇譚の神様」と銘打った記念展示が、十月いっぱい開催される。

同館ではこれまで、「新歌舞伎」の人気戯曲作家としての綺堂や、「ミステリー」の先覚者としての綺堂について、展示や記念講演が開かれてきたが、今回は「怪談文芸」の大家としての綺堂に、初めて本格的な光が当てられる。これは来たる二〇二三年が、関東大震災からちょうど百年目の節目にあたり、震災で家財や文献資料のすべてを焼失した綺堂が、やむなく（怪談や巷談ならば資料がなくても書ける！）『青蛙堂鬼談』をはじめとする本格的な怪談小説執筆に着手した年にもあたるという奇縁によっている。

「奇譚の神様」展の監修役に任じられた私は、この得難い機会に「怪談作家・綺堂」の復活を画策、関係する出版社に働きかけて、三冊の記念出版本刊行を計画した。一冊目が平凡社ライブラリーの『お住の霊　岡本綺堂怪異小品集』（七月刊）、二冊目が双葉社の『岡本綺堂怪談文芸名作集』（九月刊）、そして三冊目が本書――白澤社版『江戸の残映　綺堂怪奇随筆選』である。

今回は当初から連続刊行が決まっていたため、バラエティあふれる初期作品集、怪談小説の代表作集、そして面白くてタメになる（!?）怪奇随筆集と、それぞれ明確な編纂方針を打ち出すことができた。とりわけ、この怪奇随筆集は過去に類書がなく、まさに一読、巻を置く能わざる面白さであると、ここに編者みずから断言しておきたい。

＊

ところで、綺堂の自筆年譜（平凡社版『お住の霊』巻末に所収）を読んでいると、若い頃から蒲柳の質と見えて、毎年のように風邪に冒され、歯痛に悩み、さらには神経をやられて、そのたびに何日間も寝込む始末……綺堂が温泉療養を好み、しばしば温泉宿で創作の筆を執ったというのも、それと肯《うなず》かれる話である。代表作『修禅寺物語』をはじめ、いわゆる温泉地に取材した作品も少なくない。怪談もまた、温泉場に付き物の話材であった。

ＪＲ信越本線の「磯部駅」は、停車する列車が一時間に一本……という、絵に描いたようなローカル鉄道駅である。駅のすぐ北側には、群馬を代表する大河のひとつ「碓氷川」が東西に流れていて、川音が耳に涼やかだ。

その碓氷川を見下ろすように、急崖に沿って十軒ほどの温泉宿が立ち並んでいる。ここは「磯部温泉」という、こじんまりとした温泉街で、代々、地元の名主を勤めていた一族の大手萬平によって明治二十年代に創業された「鳳来館」（現在も営業中の「磯部館」の前身）が、その開祖であるという。

この名前を聞いて、日本の近代詩に関心のある方なら、あるいは「おや？」と思われるやもしれない。幻想怪奇の作風で知られ、萩原朔太郎や室生犀星と親交があった詩人・大手拓次は、右の萬平の孫にあたる人物で、鳳来館こそ、その生誕地であるからだ。

実は私も先年、群馬の土屋文明記念館から講演を頼まれた際、その磯部館に泊まろうかと考えたことがあった。ここは別名を「雀のお宿」と云って、同館を贔屓にしていた硯友社の御意見番・巌谷小波の童話「舌切雀」のモデルとなったことでも有名だからだ。拓次の件もあるし、あわよくば宿泊がてら取材して……などと皮算用を目論んだのだが、折からのコロナ禍やらなにやらで、そのときは遺憾ながら実現にいたらなかった。

ところが、それから一年も経たないうちに、なんと今度は綺堂先生が、当の鳳来館を常宿にしていた事実が判明したのだった。自筆年譜の「大正三年――四十三歳」の項より引用する。

八月、英一同道にて、須賀川町に姉夫婦を訪う。滞在三日、英一を残して帰京の途中、転じて上州磯部鉱泉に赴き、鳳来館に七日間滞在。そのあいだに妙義山に登り、長野の善光寺にも参詣す。

文中「英一」とあるのは、綺堂の姉ウメの息子・石丸英一のことで、岡本家で養育されて画家を志したが、惜しいかな十八歳で夭折した。

綺堂年譜によれば、これが「磯部温泉」の名が見える初出で、以後、綺堂は大正七年まで毎年、二週間ほど同館に滞在しては、名作「鳥辺山心中」などを執筆している。

さあ、こうなっては私も、鳳来館の後進たる磯部館に宿泊せざるをえまい……と、桜の季節を過ぎた初夏の時節に、初めて同館を訪ねた次第。

到着してみると、フロントの向かいの壁に、大手拓次関連の記事がいくつも貼り出されていて、拓次ゆかりの宿であることが歴然であった。また、これは後日のことだが、鳳来館と磯部館の関係について質問すると、鳳来館は同館裏手の、今は駐車場になっている付近に建てられていたという。拓次の有名な「藍色の蟇」の詩碑が池畔に建つ、日本庭園風の跡地が目印だろうか。近くには「磯部の森のレストラン　西洋亭」もある。ちなみに磯部館はもとより、隣接する「ホテル桜や」および「西洋亭」、そして向かい側に建つ巨大な「ホテル磯部ガーデン」は、すべて同族による経営とのことだった。

着いて早々、汗を流そうと大浴場に向かったら、脱衣場の壁に「磯部温泉の効能」と題する掲示が貼られているのが、目に飛び込んできた。なかでも、次の一節──「特に磯部温泉は、昔から『かぜなおしの湯』と云われ、あたたまる温泉として有名です」

なるほど「風邪治しの湯」……なぜ綺堂が、草津でも伊香保でもなく、ここ磯部の浴泉をこよなく愛したのかが、如実に窺われる一節ではなかろうか。妙に得心しながら湯に浸かると、熱からず微温《ぬる》からず、まさに往時を髣髴させる絶妙な湯加減であった。

さて、本書の巻頭に並べて収めた「磯部の若葉」と「磯部のやどり」の両篇は、タイトルからも明らかなように、綺堂の磯部体験から生まれた名品である。「今日もまた無数の小猫の毛を吹いたような細かい雨が、磯部の若葉を音もなしに湿《ぬ》らしている」という稀代の名調子で始まる随筆「磯部の若葉」……かの『青蛙堂鬼談』の怪談会が、春雪霏々と降る夕べに催され、その原型となった「五人の話」（『お住の霊』所収）の怪談会も、「暗い庭一面の若葉を叩く夜の雨」のなか催されていることからも分かるように、綺堂怪談の舞台に、妖しい湿り気は欠かせないのである（ちなみに本篇の末尾に描かれる磯部温泉の薬師堂は、いまも健在）。

一方、「磯部の若葉」で松岸寺の若僧が綺堂に語り聞かせる、大野九郎兵衛こと遊謙の逸話を小説風に再話したとおぼしき「磯部のやどり」もまた、寒い冬の夜、一座に集った若侍たちの問わず語りという怪談会さながらの設定と語り口が、まことに効果的である。

「怪奇随筆」と銘打ちながら、その幕開けに「怪」でも「奇」でもない（「磯部のやどり」に至っては随筆ですらない！）両篇を採録した、せめてもの罪滅ぼしに、綺堂怪談に欠かせぬ趣向との共通点を、あえて指摘してみた次第である。

いや、右に限らず、本書に収載した綺堂随筆（巻頭の二篇を除き、すべて発表順に配列・収録した）は総じて、話上手な老翁（半七しかり三浦老人しかり……）の問わず語りというべき色彩が濃厚である。そもそも語りの巧みな御仁が、みずからの大好きなもの（その典型が要するに怪談、おばけ話なのだが）について、とっておきの話を開陳するのだから、これが詰まらないはずはなかろう!?　とりわけ本書の後半には、綺堂老人とっておきの巷談や芝居絡みの怪奇談が勢ぞろいで、まことに興趣は尽きない。

そこでここでは、前半に収められた、やや毛色の異なる作品について、若干を記しておきたい。「雨夜の怪談」は『近代異妖篇』所収の「父の怪談」の別バージョン。作者にとって、ことのほか思い入れ深い話材なのだろう。幼少期の回想を断章風に綴って味わい深い「思い出草」と「甲字楼夜話」。「後の大師詣」は、やはり『近代異妖篇』所収の「離魂病」を髣髴させる、あと一歩で怪談になりそうな話である。「山霧」は、先に引いた磯部温泉初滞在時の妙義登山に取材した体験記。「人形の趣味」は、怪談と並んで綺堂がこよなく愛した人形蒐集にまつわる話、末尾の一節は、人形やぬいぐるみ好きな諸賢は、涙なしには読めないだろう。近世の妖怪談を断章風に綴る「江戸の化物」に続き、「震災の記」から「十番雑記」までの四篇は、綺堂怪談誕生の一契機となった関東大震災の被災記である。このうち俳句雑誌「木太刀」に掲載された「地震雑詠」と「焼かれた夜」は、本書が初の復刻となる。

二〇二二年九月

著者紹介

岡本綺堂（おかもと きどう）

1872年に旧幕臣の子として東京高輪に生まれ麹町で育つ。東京府立中学校卒業後、1890年に東京日日新聞社に入社、新聞記者として劇評などに健筆をふるう。その後、戯曲や小説を発表して好評を得る。新聞記者を辞めて以後、執筆に専念。代表作に戯曲『番町皿屋敷』、『修禅寺物語』、小説『半七捕物帳』シリーズ、『三浦老人昔話』、『青蛙堂鬼談』など。1939年没。

編者紹介

東雅夫（ひがし まさお）

1958年神奈川県生まれ。早稲田大学卒。アンソロジスト、文芸評論家。1982年より『幻想文学』編集長、怪談専門誌『幽』編集長を歴任。主な著書に、日本推理作家協会賞を受賞した『遠野物語と怪談の時代』（角川選書）、『百物語の怪談史』（角川ソフィア文庫）、『クダン狩り 予言獣の影を追いかけて』（白澤社）ほか、編纂書に『お住の霊　岡本綺堂怪異小品集』（平凡社ライブラリー）、『岡本綺堂　怪談文芸名作集』（双葉社）ほか多数がある。

江戸《えど》の残映《ざんえい》——綺堂怪奇随筆選《きどうかいきずいひつせん》

2022年10月25日　第一版第一刷発行

著者　岡本綺堂
編者　東 雅夫
発　行　有限会社 白澤社《はくたくしゃ》
〒112-0014　東京都文京区関口1-29-6　松崎ビル2F
電話 03-5155-2615／FAX03-5155-2616／E-mail：hakutaku@nifty.com
発　売　株式会社 現代書館
〒102-0072　東京都千代田区飯田橋3-2-5
電話　03-3221-1321㈹／FAX　03-3262-5906

装　幀　装丁屋 KICHIBE
印　刷　モリモト印刷株式会社
用　紙　株式会社市瀬
製　本　鶴亀製本株式会社

 ISBN978-4-7684-7993-3